상위그룹 학생들의 공부비법

집중력 100배 늘리기

상위그룹 학생들의 공부비법
집중력 100배 늘리기

개정판 인쇄일 : 2006년 2월 3일
개정판 발행일 : 2006년 2월 6일

지은이 : 타고 아키라
발행인 : 이정재
펴낸이 : 강정구
편집 · 디자인 : YND편집기획
펴낸곳 : 예림미디어 (등록 제 10-1478호)
　　　　서울 마포구 합정동 373-4 성지 B/D
전 화 : (02) 333-1270 / 팩 스 : (02) 333-1816

ⓒ 2006, Printed in Korea
ISBN : 89-87774-40-6 03370

상위그룹 학생들의 공부비법

집중력 100배 늘리기

타고 아키라 지음

예림 미디어

책 머리에

　　"**아무리** 공부를 열심히 해도 성적이 오르지 않는다, 공부를 해도 내용이 머릿속에 잘 들어오지 않는다."는 말을 하는 수험생들이 많습니다. 그중에는 스스로 '머리가 나빠서'라고 단정하고 포기해 버리는 학생이 많은 것 같습니다. 하지만 수험생 여러분, 포기하기에는 아직 이릅니다.

　　제 생각으로는, 시험의 합격과 불합격을 좌우하는 것은 머리의 좋고 나쁨도 아니고 공부 시간의 양도 아닙니다. 단지 집중해서 공부하느냐 그렇지 못하느냐가 관건입니다. 아무리 머리가 좋은 수험생이라도 집중력이 산만해지면 아무것도 머리에 들어오지 않을 것입니다. 또 아무리 오랜 시간 공부하더라도 도중에 지겨워지거나 해서 집중력이 중단되면 단지 책상에 앉아 있기만 할 뿐 아무 성과도 없습니다.

　　한편, 집중해서 공부에 몰두하면 어떻게 될까요? 공부할 시간이 한 시간밖에 없더라도 산만하게 서너 시간 공부하는 것보다 훨씬 큰 성과를 올릴 수 있습니다. 집중한다는 것은, 머리도 마음도 하나가 되어 엔진을 풀 가동시키는 것입니다. 무아지경의 상태라고나 할까요? 이런 상태에서는 자기도 생각지 못했던 힘을 낼 수 있습니다.

　여러분 스스로, 운동이나 놀이 어떤 것이든 정신 없이 열중했던 기억을 떠올려 보십시오. 진흙투성이가 될 정도로 열중해서 축구를 했다. 그날은 이상하게 패스가 잘 되었다. 한 번도 틀리지 않고 피아노를 연주할 수 있었다. 어느새 반에서 가장 좋은 성적을 올렸다…… 이런 일은 누구든 한두 번쯤은 경험했을 것입니다. 이런 때에는 주위가 아무리 시끄러워도 전혀 신경이 쓰이지 않습니다. 자신의 이러한 일사불란한 상태가 바로 집중 상태입니다. 공부 역시 스스로 집중 상태를 만들 수 있으면 놀라울 정도로 능률이 오르고, 암기해야 할 것들이 쏙쏙 머릿속에 들어갑니다.

　이처럼, 집중력이 합격의 가부를 좌우하는 비장의 카드입니다. 개중에는 운동이나 놀이에는 집중할 수 있는데 공부에는 집중이 되지 않는다는 수험생도 있을 것입니다. 그러나 공부든 운동이든 심리학적으로 보면 집중의 원리는 마찬가지입니다. 저는 집중력을 방해하는 여섯 가지 요인을 제거하는 것이 집중의 대원칙이라고 생각하고 있습니다. 집중을 방해하는 여섯가지 요인은 '초조', '싫증', '의존심', '압박', '체념', '방심' 입니다. 이 여섯 가지 요인이 공부 도중에 끼어들게 되면 갑자기 능률이 떨어지고 맙니다. 역으로 이 여섯 가지를 원만히 제거하고 다시는 끼어들 수 없도록 방어할 수 있다면 높은 집중력을 발

6

휘할 수 있습니다.

이 책에서는 집중력을 방해하는 여섯 가지 요인을 제거하는 방법을 각각 하나의 장으로 나누어 자세히 설명하고 있습니다. 초조해지거나 공부에 싫증이 날 때 이 책을 잠시만 읽어보십시오. 각 장에 상세하게 설명된 테크닉은 모두 심리학적인 보증을 거친 것이기 때문에 누구라도 바로 실천할 수 있을 뿐만 아니라, 실천에 옮겼을 때 즉시 집중력을 회복해서 집중의 수준을 높일 수 있습니다.

이 책의 집중 테크닉을 익히면, 지망하는 대학의 관문을 돌파할 수 있음은 물론이고 앞으로의 대학 생활에도 큰 도움이 될 것임을 자신합니다.

지은이 티코 아키라

■책머리에●●5

1장 초조를 추방하는 쇼킹 집중방법●●11

2장 싫증을 봉쇄하는 쇼킹 집중방법●●41

3장 의존심을 방지하는 쇼킹 집중방법●●93

4장 압박을 역전시키는 쇼킹 집중방법●●133

5장 체념을 극복하는 쇼킹 집중방법●●175

6장 방심을 추방하는 쇼킹 집중방법●●215

1장
초조를 추방하는 쇼킹 집중방법

그날의 정복 과목을 훑어본 후 공략의 우선 순위를 정하라.
독서 등의 워밍업으로 집중에 추진력을 더하라 등
초조한 마음을 없앨 수 있는 집중방법을 소개한다.

그날의 정복 과목을 훑어본 후 공략의 우선순위를 정하라

책상에 앉아 공부를 하려고 마음 먹었는데 왠지 마음이 잡히지 않는다. 집중이 안 되고 아무 소득이 없이 시간만 흐른다. 이런 경험이 있었나요? 수학 문제도 풀어야 하고, 골치 아픈 영문법 공부와 영어 단어 암기, 국사 공부……, 이런저런 생각에 초조해지기만 하고 집중이 안 되는 것도 무리는 아닙니다.

그러나 공부에 집중하지 못하고 멍하니 시간만 보내면 '합격'이라는 두 글자는 멀어질 뿐입니다. 이것저것 생각할 필요없이 주어진 과목 하나하나에 집중하라, 이것만이 합격의 지름길입니다.

그럼 먼저 책상을 마주하면 쓸데없는 생각만 들고 주의가 산만해질 때 필요한 집중방법을 소개하겠습니다.

이것은 저 자신이 자주 사용하는 방법입니다. 저의 경우, 원고 청탁이 밀려 들어오면 짧은 일정 내에 다 처리하기가 매우 힘듭니다. 특히 원고가 서나 개씩 밀려 있으면 정말로 암담해집니다. 저는 그런 때 이런 방법을 사용합니다. 먼저, 써야 할 원고의 주제를 한 번 훑어 본 다음 각각의 관련된 자료나 메모도 한 번 죽 훑어봅니다. 그러면 어디서부터 시작해야 할지를 느낄 수 있습니다. 즉 가장 흥미있는 주제, 왠지 술술 잘 써질 것 같은 기분이 드는 주제, 이것은 물론 그때그때의 기분에 따라 달라지겠지만 어쨌든 가장 먼저 할 마음이 생기는 주제를 결정할 수 있게 됩니다. 이렇게 가장 하고 싶은 기분이 드는 것부터 시작하면, 마감일이 같은 원고가 서너 개 있어도 예상외로 짧은 시간 내에 완성할 수 있습니다. 그것을 하고 있을 때는 다른 것에는 전혀 신경이 쓰이지 않기 때문에 그날의 '정복 과목'을 훑어본 후 공략의 우선순위를 정하면 집중력이 눈에 띄게 향상되고 짧은 시간 내에 큰 수확을 얻을 수 있는 것입니다.

공부에도 똑같은 이치가 적용됩니다. 공부를 시작하기 전에 그날 해야 할 일들을 한 번 훑어보고 무엇부터 시작할 것인가를 결정합니다. 그러면 각각의 과목에 집중할 수 있고 원만하게 공부해 나갈 수 있습니다.

공부의 집중을 방해하는 여섯 가지 요인 가운데서도 '초조'는 가장 큰 적입니다. 초조해하면 할수록 집중력은 약해집니다. 이장에서는 초조를 추방하는 집중방법에 대해 한번 얘기해 보고자 합니다.

2

한 과목에 집중이 됐으면
시간에 구애받지 말고 계속하라

공부 계획을 세울 때 여러분은 마치 학교의 시간표처럼 상세하게 스케줄을 짜지는 않습니까? 6:00/저녁 식사, 7:00~7:30/샤워, 7:30~8:00/수학, 8:45~9:45/영문법, 10:00~11:00/물리, 11:15~12:15/국어 식으로 말합니다. 빈틈없이 계획을 세워 공부하겠다는 열의나 밤을 세워 공부하겠다는 열의는 인정할 수 있지만, 이런 방법으로는 한 단계 높은 대학을 노릴 수 없습니다. 이런 상세한 공부 계획은 오히려 능률을 떨어뜨리는 일이 되기 때문입니다.

그 계획대로 공부를 시작했는데 영문법 공부가 여느 때와는 달리 머릿속에 쏙쏙 들어온다고 해봅시다. 지금까지 잘 풀리지 않던 문제가 술술 풀리는 것은 리듬을 탔다는 증거입니다. 아마 집중력도 최대한으로 발휘되고 있음에 틀림없습니다.

이런 상황에서 계획대로 9시 45분이 되었다고 해서 한참 물이 오른 영문법 공부를 중단해 버리는 것은 안타까운 일입니다. 이때 당신의 머리는 마치 사막의 모래가 기세 좋게 물을 빨아들이듯 영문법의 지식을 흡수하고 있는 상태입니다. 이렇게 '집중엔진' 이 최고조로 작동하는 상태는 그렇게 자주 오는 것이 아닙니다. 그대로 영문법 공부에 집중한다면 막연히 공부할 때에 비해 두 세 배의 지식을 얻을 수 있습니다. 하지만 영문법 공부를 중단하고 물리공부를 시작해서 얻을 수 있는 지식은 평소와 똑같은 양에 지나지 않습니다. 합격을 확보하고 아울러 한 단계 높은 대학을 노릴 수 있다면 어느 쪽이 더 좋은 방법인지는 쉽게 알 수 있을 것입니다.

모든 계획은 깨지기 위해 있다고 합니다. 입시 공부도 역시 마찬가지입니다. 한 과목에 집중하기 시작했으면 계획을 무시하고 집중력이 사라질 때까지 계속하는 편이 더 효과적입니다.

Key Point

상세한 공부 계획은 오히려 능률을 떨어뜨리는 결과를 가져올 수 있습니다.

3

독서 등의 워밍업으로
'집중'에 추진력을 더하라

공부는 해야 하는데 집중이 안 된다. 이것은 수험생이라면 누구나 가지는 고민입니다. 이럴 때는 무리하게 교과서를 잡고 있어도 아무 소용이 없습니다 뜻도 모르는 불경을 읽고 있는 것같고, 귀중한 시간만 낭비할 뿐입니다.

책을 읽어도 머릿속에 들어오는 것이 없을 때는 일단 공부를 중단하는 편이 좋습니다. 이럴 때는 오히려 부담없고 익숙한 책을 택하든가, 연필을 깎는다든가, 무엇이라도 좋으니 공부와 관계없는 작업을 해봅시다. 일종의 '워밍업'이라고 할 수 있습니다. 이렇게 워밍업을 한 뒤에 다시 공부를 시작하면 보다 쉽게 집중할 수가 있습니다.

저 역시, 일을 시작하려고 해도 집중이 안 되고 산만해질 때는 먼저 쉽고 익숙한 책을 읽는다거나 손에 익은 작업을 하면서 긴장을 풉니다. 그렇게 하다 보면 모르는 사이 손이 가지 않던 일에 쉽게 몰두할 수 있게 됩니다.

16

워밍업이란, 정신의 에너지를 일정한 방향으로 모으기 위해 '물길'을 만드는 것과 같습니다. 워밍업을 반복함으로써 머릿속에서 잡념이 사라지고 정신의 흐름이 순조롭게 한쪽 방향으로 모아집니다. 그런 연후에 공부에 착수하면 단숨에 집중할 수 있습니다.

그날 해야 할 공부를 바로 시작하는 것이 아니라 그전에 미리 뭔가 다른 일을 함으로써 잡념을 걷어내 조금이라도 집중력을 높여두면 원래 해야 할 공부에 집중하기가 쉬워집니다. 저는 이것을 '도움닫기 효과' 라고 부릅니다. 이 방법은 의욕은 있는데 왠지 마음이 잡히지 않고 집중이 안 될 때 특히 효과적입니다.

그러나 아무리 이렇게 해도 공부에 신경이 쓰여 조바심이 생기는 경우에는 해야 할 과목 중에서 간단하게 할 수 있는 것을 골라 거기부터 시작하면 좋습니다. 그 과목이 전체적인 순서로 보아 중간의 것이라도 좋고 마무리 부분이라도 좋습니다. 간단한 부분이기 때문에 다소 정신이 산만해져도 쉽게 끝낼 수 있기 때문입니다. 이렇게 몇몇 쉬운 과목을 하나하나 하다 보면 본격적인 의욕이 생겨납니다.

여기서 한 가지 주의해야 할 것이 있습니다. 본래의 공부와 유사한 종류를 워밍업 대상으로 선택하는 것은 피하기 바랍니다. 예를 들어, 역사 책을 읽어야 할 때 그 워밍업으로서 잡지를 읽는다든가 하는 것은 피하는 편이 좋습니다. 역사 책 대신 잡지를 읽는 것으로 도피해 버릴 우려가 있기 때문입니다. 표면상 '읽는' 다는 유사한 행동을 택함으로써 일단의 만족감을 얻어 '물길' 은 만들어졌지만, 오히려 완전히 의욕을 잃어버리게 될 수도 있습니다. 워밍업 대상으로는 최소한 원래 해야할 공부와 전혀 성격이 다른 일을 택하는 것이 바람직합니다.

18

 좋아하는 과목, 자신있는 과목부터 먼저 시작한다.

 어려운 문제는 공부에 리듬을 타고 나서 시작한다.

한 과목에도 집중할 수 없을 때는
전과목을 한번씩 들춰본다

4

해야 할 공부가 한 과목뿐이라면 집중력 같은 것은 문제되지 않습니다. 하지만 현실은 그렇지 못합니다. 본고사는 예외지만, 수학능력고사와 내신 성적을 위해서는 3년 동안 전과목을 꾸준히 공부해야 합니다. 이렇게 되면 모든 과목에 다 신경이 쓰여 어디에서부터 손을 대야 좋을지 혼란스럽습니다. 순서를 정해 하나하나 공부한다 해도, 지금 하고 있는 과목보다 아직 손대지 않은 과목이 더 중요하지 않을까, 그것부터 먼저 해야 하는게 아닐까? 하는 불안감이 생겨 결국에는 집중력이 산만해지고 맙니다. 이런 경우 모든 과목이 잡념의 근원이 되는 것입니다.

이럴 때는 먼저 모든 과목을 동시에 시작해 봅시다. 어느 것부터 할까 걱정부터 하지 말고 이것저것 전부 한 번씩 손을 대보는 것입니다. 이것저것 아무렇게나 손을 대서는 도저히 집중이 안 되는 게 아닐까? 오히려 모든 과목이 어중간하게 되어 죽도 밥도 안 되고 마는 건 아닐까? 걱정하는 학생도 있겠지만, 그런 걱정은 하지 않아도 됩니다.

　마음먹고 이대로 실천해 보면 각각의 과목에 대해서 어느 정도의 안목 같은 것이 생깁니다. 이것은 이렇게 하면 되겠구나 하는 요령을 알게 됩니다. 또한 이 단계가 집중을 위한 '워밍업' 역할도 될 수 있으므로 본격적인 집중을 위한 '도움닫기 효과' 도 기대할 수 있습니다. 이렇게 되면 지금 손을 대고 있는 과목 이외에는 신경이 쓰이지 않게 됩니다. 모든 과목에서 집중력이 향상되는 것은 말할 필요도 없습니다.

　또한 전과목을 한 번씩 훑어 봄으로써 각 과목에 대한 안목이 생기면 각각의 난이도와 중요성이 전보다 더욱 확실해지는 이점이 있습니다. 시작해 보지도 않고 머릿속으로 생각만 하고 있을 때는 모든 것이 다 어려워 보이고 아무것이나 중요하게 생각되던 것이 이것은 이 정도구나 하는 감이 오는 것입니다.

　어디에서 마무리를 할 것인가는 자신의 판단에 달려 있습니다. 우선 쉬운 것부터 시작해서 차례차례 어려운 것으로 진행해 가는 것도 좋고, 반대로 먼저 어려운 것부터 시작해 쉬운 쪽으로 돌아가는 것도 좋습니다. 제 경우에는 집중력을 가장 필요로 하는 어려운 부분부터 손을 대는 습관이 있습니다. 시간이 지나 피로가 쌓여 정작 어려운 것을 하려 할 때 힘에 부칠 것을 대비해서입니다.

　이렇게 여러 가지 과목 중에서 그때 하고 싶은 공부나 어려운 부분, 중요한 것에 중점을 두고 공부를 진행해 나가면, 지금 내가 중요한 것을 하고 있다는 의식이 더욱 명확해집니다. 이렇게 되면 모든 과목에 대한 집중력도 더불어 향상됩니다.

　여기에서 중요한 것은, 한 가지 과목에 손을 댔으면 최소한 "아, 이 과목은 이렇게 하면 되겠구나." 하는 안목이 생길때까지는 다른 과목으로 넘어가지 말라는 것입니다. 어중간한 상태로 그만두게 되면 오히려 미련이 남게 됩니다. 집중을 흐트러뜨리는 원인이 되기 때문에 각 과목을 정확하게 구분해 가면서 동시 진행시키지 않으면 아무런 의미가 없습니다.

잠깐 쉬어가재!

• 밀크차 만드는 법

　밤 늦게까지 공부하거나 다른 일로 자지 않고 있는 사람에게는 홍차보다는 영양분이 있는 밀크 차를 만들어 주는게 좋다. 밀크차는 홍차 속에 밀크를 넣는 것이 아니라 전혀 그 반대다.

　우유를 2컵 정도 데워 끓을 때 홍차를 넣고 뚜껑을 닫은 다음 불을 끈다. 2~3분 뒤에 망에다 걸러 컵에 담는다. 설탕은 좋아하기에 따라 적당히 넣어라. 이상은 세 사람분의 밀크 차다.

5

초조가 가라앉지 않으면
주변에 있는 물건으로 장난을 친다

예전에 저는 제가 출연한 텔레비전 프로그램의 녹화를 보면서 깜짝 놀란 적이 있습니다. 방송이 끝나갈 무렵 제가 이야기를 하면서 줄곧 볼펜을 만지작 거리고 있는 것이었습니다. 저로서는 그런 행동을 한 기억이 없었는데, 알고 보니 이유는 간단한 것이었습니다.

프로그램이 끝나갈 때, '앞으로 몇 초'라는 프로듀서의 사인을 받고 그때까지의 이야기를 정리하려고 필사적이었기 때문입니다. 머리 회전이 극도로 늦어져 생각이 말을 따라갈 수가 없게 되어 생각을 계속하면서 초조함을 달래기 위해 한 행동이 손으로 나타난 것입니다. 즉, 손을 움직임으로써 마음의 집중을 더할 수 있었던 것입니다.

저뿐만 아니라 인간이라면 누구나 무엇인가에 집중해서 정신이 매우 긴장해 있을 때는 이리저리 몸을 움직이고 싶어합니다. 발을 떠는 것이 그 전형적인 예입니다. 그것은 몸의 말초 신경에 긴장을 실어 내보냄으로써 조금이라도 긴장을 완화시켜 마음의 평정을 찾으려고 하는 본능적인 지혜라고 하겠습니다.

　이 지혜는 입시 공부에도 활용할 수 있습니다. 공부가 마음먹은 대로 되지 않고 초조해질 때 몸을 조금 움직여 보면 좋은 효과를 얻을 수 있습니다. 아무도 보는 사람이 없으니 발을 떨어도 부끄러워야 할 이유가 없습니다. 연필이나 지우개를 만지작거리는 것도 좋습니다. 손끝에서 몸 전체로 긴장을 이완시켜 초조함을 완화시킬 수 있기 때문입니다. 긴장 때문에 흐트러져 있던 집중력이 다시 살아날 것입니다.

읽고나면 행복해지는
명언 한마당

하루의 가치 이상으로 중요시해야 할 것은 아무것도 없다.

-괴테

조깅을 한다든지, 몸을 격하게 놀려 스트레스를 발산하라

6

야구 경기에서 시합 시작 사이렌이 울린 후 투수가 던진 제1구가 타자의 머리를 크게 넘어 백네트를 때리는 장면을 본 적이 있을 것입니다. 혹시 럭비에서, 시합 전에 15명의 선수가 큰 소리로 함성을 지르며 하늘을 향해 높이 뛰어오르는 것을 본 적은 있습니까? 이런 광경을 본 적이 없더라도 축구나 배구 같은 스포츠에서, 시합 전에 몸을 크게 흔들거나 함성을 지르는 것을 본 경험은 누구나 있을 것입니다. 이런 동작의 목적은 하나입니다. 시합 전의 긴장이나 초조를 극복하고 시합에 대한 집중력을 높이기 위해서입니다.

긴장과 초조는 방치해 두면 계속 증폭됩니다. 이것을 단호히 끊기 위해서 긴장과 초조함이 마이너스적 심리 에너지를 육체적 에너지로 변화시켜 밖으로 방출하는 것입니다. 큰 소리로 함성을 지르는 것도, 몸을 흔드는 것도, 긴장과 초조를 몸 밖으로 배출시키기 위해서입니다.

이런 테크닉은 입시 공부에도 폭넓게 활용할 수 있습니다. 공부의 집중을 방해하는 적의 하나가 마음의 초조입니다. 공부가 마음대로 되지 않는다, 성적이 오르지 않는다, 의욕이 생기지 않는다……이런 상황을 그대로 방치해 두면 책상에 앉아 있어도 소득이 없습니다. 몸을 움직여 초조를 추방해야 합니다.

앞에서 예를 든 것처럼 큰 소리를 질러도 좋고, 조깅을 해도 좋습니다. 이런 것이 이웃에게 폐가 된다면 간단히 주먹을 쥐었다 폈다 하는 것도 좋고, 크게 기지개를 켜도 효과가 있습니다. 중요한 것은 마음의 초조를 육체적 에너지로 변화시켜 방출함으로써 산뜻한 기분을 얻는 것입니다. 그렇게 되면 공부에서도 집중력이 향상됩니다.

우선 몸의 긴장을 풀어주는 것이 중요합니다. 정신 분석을 할 때 환자를 눕히는 것은, 몸을 편하게 함으로써 마음도 편하게 하기 위해서입니다. 긴장과 초조는 그 자리에서 몸을 움직여 해소시키는 것이 가장 좋지만, 그래도 나아지지 않으면 잠시 동안 몸을 쭉 뻗고 드러누워 보는 것도 좋은 방법입니다.

7

공부가 잘 안될 때는
일정한 대상을 정해 감정을 발산하라

프로야구 요미우리 자이언츠의 나가시마(長島) 감독은 자기팀이
시합에 지면 더그아웃에 돌아와 로커를 발로 차고 화를 내는 것으로
유명합니다. 찬스에 강한 모습을 보였고 현역 시절부터 유명했던 그
의 집중력 컨트롤의 비결은 이 '감정 발산'에 있었던 것이 아닐까 싶
습니다. 감정 발산이 일종의 카타르시스(정신의 정화) 역할을 한 것이
라고 하겠습니다.

마음 속에 쌓인 감정의 찌꺼기나 초조는 집중력에 방해가 됩니다.
이런 감정은 마이너스적인 정신 에너지라고 부를 수 있는데, 어디엔
가 감정을 '발산'함으로써 육체적 에너지로 전환하여 '승화' 시켜야
합니다. '감정 발산'이라는 공격적인 행동은 쌓여 있던 공격적 본능
의 욕구 불만을 해소시켜 줍니다.

공부는 묵묵히 하고 있지만 왠지 마음 속에 개운치 못한 기분이나
초조함이 쌓여 더이상 공부가 손에 잡히지 않는 것은 흔히 있는 일입

니다. 이럴 때 앞에서 말한 것처럼 간단하게 몸을 움직임으로써 개운치 못한 앙금이 줄어들 수도 있지만, 감정 발산처럼 공격적인 행위를 통해 해소 효과를 높일 수도 있습니다.

나(필자)는 학생 시절, 공부가 마음대로 되지 않고 초조해지면 죽도 (竹刀)를 들고 마음껏 휘두르곤 했습니다. 땀이 날 정도로 열심히 죽도를 휘두르고 나면 입시철이라는 사실조차 잊어버릴 정도가 되고, 그 때까지의 감정의 앙금과 초조가 어디론가 날아가버려 다시 공부에 집중할 수 있게 됩니다. 이때 평소 사이가 좋지 않은 사람을 가상의 적으로 설정하면 효과가 더 큽니다. 제 경우에는 죽도를 휘두르는 것이었지만, 이밖에도 야구 방망이를 쉬두른다든지 못쓰는 그릇을 깨 버린다든지, 방법은 얼마든지 있습니다.

입시 공부를 하다 보면 책상에 달라붙어 공부만 하는 나머지 운동 부족이 되기 쉽습니다. '감정 발산' 법은 운동 부족을 해소한다는 의미에서도 '일석 이조'의 스트레스 해소법이라고 할 수 있겠습니다.

Key Point

'감정 발산' 법은 마음 속에 쌓인 초조나 스트레스를 풀어주고 운동까지 할 수 있는 일석 이조의 방법입니다.

 아무리 해도 안 될 때는 공부를 중지하고
즉시 잠을 잔다.

 취약 과목의 공부는 처음에는 10분 정도만 하고
그친다.

시간이 별로 없을 때야말로 공부할 찬스다

8

입시는 시간과의 전쟁입니다. 입시 당일까지 1년, 6개월, 3개월…… 시간이 다가올수록 마음은 더욱 초조해집니다. 시간이 없다고 불평하는 수험생은 없습니까? 혹시 '이제 시간도 많이 없으니 공부를 하나 안 하나 마찬가지'라고 자포자기해 버리는 수험생은 없습니까? 불평도 자포자기도 잠시만 미뤄두기 바랍니다. 불평하고 포기할 시간이 있다면 1분이라도 공부에 집중할 수 있는 찬스는 없습니다. 평소 공부하는 한 시간보다 시간이 없을 때 필사적으로 공부하는 한 시간이 훨씬 큰 성과를 거둘 수 있습니다.

이것은, '이제 시간이 이 정도밖에 남지 않았다'거나, '오늘 중으로 이것을 끝내지 않으면 안된다'는 일종의 절박감이 엄청난 집중력을 발휘하게 해 능률을 올리기 때문입니다. "절체 절명의 위기에 엄청난 힘을 발휘한다."는 말이 있는 것처럼, 인간은 비상 사태에 직면하면 자기도 믿을 수 없을 정도의 힘을 발휘할 수가 있습니다. 시간이 없어

궁지에 몰린 상황에서 이와 같은 힘이 생길 수 있다는 것입니다.

저희 친구들 중에도, 마감 직전까지 원고가 쌓이고 쌓여 몇 시간 후면 원고를 넘겨줘야 할 상황이 돼서야 비로소 평소에는 쓸수 없을 것 같은 훌륭한 원고를 쓰게 된다는 묘한 버릇을 가진 사람들이 많이 있습니다.

물론 일부러 다급한 상황을 만드는 것은 바보 같은 짓입니다. 하지만 노는 데만 정신이 팔렸다거나 게으름을 피운 뒤라노, 나시 공부힐 수 있는 절호의 찬스가 있다는 것을 밝혀두고 싶습니다. 궁지에 몰린 상황에서도 자신 속에 잠자고 있는 '잠재적 집중력' 을 이끌어 낼 수 있는 것입니다.

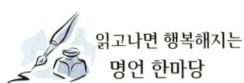
읽고나면 행복해지는
명언 한마당

신중은 인생을 안전하게 한다. 그러나 좀처럼 인생을 행복하게 만들지는 않는다.

- 새뮤얼 존슨

9

공부 도중 초조해지면 천천히, 크게 숨을 쉰다

학창 시절 체육 시간에 체조가 끝나면 꼭 심호흡 운동을 했던 것이 생각납니다. 숨을 크게 들이쉬고 크게 내쉼으로써 몸과 마음이 편안하고 차분하게 정리됩니다. 이 심호흡은 입시 공부중에 생기는 초조와 개운치 못한 마음을 물리치는 것에도 응용할 수 있습니다.

공부를 하는 중에 알 수 없는 초조감이 찾아오거나 마음 속에 개운치 못한 감정이 쌓이는 일이 있을 것입니다. 집중력을 방해하는 이 초조와 앙금을 떨쳐 버리고 싶으면 책상 앞에서 천천히, 그리고 크게 호흡 해 보십시오. 집중력이 회복되고 다시 책을 대할 수 있을 것입니다.

심호흡의 긴장 완화 효과는 좌선(坐禪)에서 잘 증명되고 있습니다. 정신 통일법으로서 의학적으로도 가치가 인정되고 있는 좌선에는, '호흡수 감소에 의한 조식법(調息法)'이라는 게 있습니다. 이것은 복식 호흡으로 아랫배가 부풀어오르도록 숨을 들이마시고 가능한 한 천천히 내쉼으로써 호흡수를 줄이는 방법입니다. 이렇게 하면 자율신경계의 활동이 정상화되고 심장 부담도 줄어들어 심신이 매우 안정된 상태가 됩니다.

이 연구에 의하면, 좌선이라고 해서 꼭 가부좌를 틀고 앉아야 할 필요는 없다고 합니다. 중요한 것은 심호흡입니다. 공부 도중이라도 좋고, 공부를 시작하기 전이라도 좋습니다. 호흡수로 집중력을 확보합시다.

Key Point

심호흡은 입시 공부 중에 생기는 초조와 개운치 못한 마음을 물리치는 데 매우 효과적입니다.

자기 약점에 신경이 쓰이면 "반드시 할 수 있다."고 되뇌어라

10

자기의 취약한 분야가 머릿속에 떠올라 신경이 쓰여 더이상 공부를 할 수 없는 경우가 있습니다. 취약한 분야의 수를 하나하나 헤아리다 보면, "아직 해야 할 게 이렇게 많은가?" 하는 생각에 빠지기도 하고, 그 과목이 걸림돌이 되어 시험에 떨어지는 게 아닐까 하는 불안감이 드는 경우가 자주 있습니다. 당연히 집중력도 사라져 버립니다. 그 결과 자기의 결점이 더욱 신경이 쓰이게 됩니다.

불안과 공포가 실제로 닥친 것도 아닌데 미리 '예비 공포' 상태에 빠집니다. "어떻게 하지, 큰일인데……." 하는 불안에 사로 잡히게 됩니다. 어떻게하든 그 약점을 만회하고자 초조해지게 되고 이 초조가 불안을 가중시키는 것입니다. 그 정도가 심해지면 강박 관념에 시달리는 경우까지 있습니다.

거기까지는 이르지 않더라도, "입시 직전까지 취약한 과목을 정복하지 못하는 것은 아닐까?" 하는 생각에 빠진다든지 혹은 재수생의 경우라면 "작년 입시의 실패를 반복하고 있는 건 아닐까?" 하는 불안감에 사로 잡힙니다. 여기에서 바로 마음을 잡고 공부에 집중한다면 문제가 없겠지만 취약한 과목으로 인해 불안이 쌓이기 때문에 그것도 쉽지는 않습니다. 누구에게나 자기의 약점은 크게 보이는 법입니다. 특히 성격이 꼼꼼한 사람, 나약한 사람일 수록 그런 경향은 더욱 강합니다.

그러나 불안에 떨거나 비관해서는 아무런 해결책도 나오지 않습니다. 공부를 방해하고 능률이 떨어질 뿐입니다. 태도를 바꿔 강력하게 대응하는 것 외에는 방법이 없습니다. 반드시 할 수 있다는 생각을 자신에게 들려주고 주어진 공부에 열중하는 것입니다. 실제 제가 본 바로는, 당면한 공부에 전력 투구하는 수험생은 취약한 과목이 다소 있더라도 합격하는 경우가 많았습니다. 반대로 매일 취약한 과목에 대해 근심만 하고 주어진 공부에 소홀한 수험생은 지망한 대학에 떨어지는 경우가 적지 않았습니다.

초조를 초조로 대항하려 한다면 초조가 더 늘어나게 마련입니다. 그러므로 당황하지 말고 마음을 편안하게 공부하십시오.

알기 쉽게 말하면, 부담없는 마음가짐이 중요하다고 할 수 있겠습니다. 이 경우 부담없는 마음가짐이란 물론 자신에 대한 것입니다. 공부에 숨이 막혀 초조해지거나 능률이 떨어져서 불안해지거나 할 때는 결점과 초조라는 문제는 일단 접어두고 마음부터 초심으로 돌아가야 합니다.

2차대전 전의 한때, 인텔리 계층의 일부에서는 '될 대로 되라' 는 말이 유행했다고 합니다. 공부가 잘 되지 않을 때나 좌절할 것 같은 기분이 들 때 이 말을 생각하면 신기하게도 기분이 맑아진다고 합니다. 눈앞의 작은 일에 동요되지 않는다. 좀 과장해서 말하자면 "나는 왜 천지 자연의 무한함에 비해 이렇게 사소한 문제에 집착해서 고민하고 있는 것일가?" 하는 마음가짐으로, 무거운 기분을 떨쳐 버릴 수 있도록 기분 좋은 것만 생각하라는 것입니다. 이런 마음 가짐은 매우 중요합니다.

잠깐 쉬어가자!

· 감기에는 된장국에 달걀을

감기에 걸려 열이 나기 시작하면 우선 식욕이 떨어진다.

그럴 때는 얼큰한 된장국에다 달걀이라도 하나 깨 넣어 반숙 정도가 되었을 때 환자에게 먹이도록 하면 밥과는 달리 잘 먹는다. 속도 시원해져 환자가 좋아한다.

11 공부 중에는 '방해하지 말 것' 팻말을 걸어두어 중단을 방지하라

오랜만에 공부가 리듬을 탔다고 느낀 순간 친구에게서 전화가 걸려온다든지, 어머니가 밤참을 들고 오신다든지 해서 공부가 중단되는 경우가 적지 않습니다. 집중력의 '리듬' 이 한 번 끊어지면 다시 '리듬' 을 타기까지 상당한 시간이 필요합니다.

이런 리듬의 중단을 방지하기 위해서는 '방해하지 말것!' 이라고 쓴 글을 방문에 걸고 누구를 막론하고 출입을 금지시키는 것이 한 방법이 될 수 있습니다. 보통 호텔에서는 잠을 방해받지 않기 위해 이 문구를 걸어놓습니다. 공부를 하고 있을 때 뿐만이 아니라 휴식 시간에도 다른 사람에게 방해받지 않도록 하는 것이 집중력을 높여주고, 짧은 시간 내에 공부의 효율을 올릴 수 있는 요령입니다.

기분전환을 위하여
밤참을 스스로 만들자

12

　　*대뇌 생리학*에서는 손발의 운동과 뇌의 활동에는 깊은 상관관계가 있다고 알려져 있습니다. 우리가 손을 사용해서 물건을 만들거나 연필을 깎는 행위는 뇌의 기능이라는 점에서 보면 매우 효과가 있다는 것입니다. 이와 마찬가지로 산책도 뇌의 기능을 활성화시킨다는 사실이 확인되고 있습니다.

　　입시 공부를 하는 경우에도 단지 책만 읽는 것보다는 몸을 적극적으로 움직이는 것이 우리 두뇌에 좋고 집중력도 높여줍니다. 하지만 그렇다고 해서 방안에서 제자리걸음을 할 수는 없는 노릇 아닙니까?

　　그러므로 공부하는 도중에 잠시 몸을 움직일 여유를 가질 필요가 있습니다. 예를 들면, 밤 참 시간이 좋은 기회가 될 수 있습니다. 밤늦게까지 공부하는 수험생의 경우, 식욕이 왕성한 나이인 만큼 도중에 밤 참을 먹는 습관을 가진 학생이 적지 않을 것입니다. 밤 참은 어머니가 만들어 방으로 가져다 주는 것이 일반적입니다. 하지만 때로는 스스로 만들어 보는 것도 좋습니다. 라면을 끓이는 단순한 일이라도, 그동안 두뇌는 공부 상태로부터 벗어나게 되므로 기분 전환으로도 권장할 만합니다.

또한 요리를 하기 위해 손발을 움직이는 것이 두뇌활동에 상당히 효과적일 수 있습니다. 오랜 시간의 공부로 머리속 사고의 흐름이 정체되기 쉬운 터에, 손발을 움직여 기분을 맑게 전환시킴으로써 뇌에 신선한 '산소'를 공급해 주는 것입니다.

공부에 집중을 기하는 것을 어렵게만 생각할 필요는 전혀 없습니다. 밤참 하나만 하더라도 집중방법 터득에 훌륭한 재료가 될 수 있는 것입니다.

2장
싫증을 봉쇄하는 쇼킹 집중방법

공부가 해이해질 때는 분(分)단위로 스케줄을 세우라.
합격의 가능성이 막연해서 불안할 때는
목표를 글이나 도표로 크게 써 붙여라 등
공부의 싫증을 방지할 수 있는 집중방법을 소개한다.

13

집중상태에 돌입하기 위해 나름대로의 의식을 행하라

　　매일 공부를 시작하기 전 여러분은 어떤 일을 하고 있습니까? 공부를 시작하기 전에 항상 일정한 행위를 반복하는 것도 집중을 위한 위밍업으로서 하나의 방법이 될 수 있습니다. 그 동작은 연필을 깎거나 노트를 정리하거나 차를 마시거나, 어느 것이든 상관없습니다.

　　요컨대, 아무 의욕 없이 우두커니 있을 게 아니라, 노는 시간과 공부 시간이 구분되는 것이라는 점을 확실히 인식할 필요가 있다는 것입니다. 이런 확인 행동을 통해 잡념을 추방하고 공부에 집중하기 위해 미리 마음의 태세를 갖추어 놓아야 합니다. 이것은 어린아이가 잠을 잘 때, 인형이나 수건 따위를 안아야만 안심하고 잠이 드는 것과 같은 원리입니다. 이렇듯 일정한 '의식'으로 습관화된 것을 '수면 의식(睡眠儀式)'이라고 합니다.

　　또, 꽃꽂이나 바둑을 시작할 때 사전에 일정한 법도에 따라 도구를 갖추는 것, 서예를 할 때 스스로 먹을 갈아서 사용하는 것, 검도 연습을 시작하기 전 1분 동안 명상을 하는 것 등은 모두 다음 행동을 위해 정신의 집중력을 높이는 의식'이며 워밍업입니다.

이와 마찬가지로 하나의 의식을 습관화시켜 공부에 들어가기 위한 통과 의식으로 삼는 것이 좋습니다. '의식'이라고 하면 뭔가 어설픈 기분이 듭니다만, 여기서 말하는 의식이란 결국 하나의 행동에서 다음 행동으로 옮겨가기 위한 일종의 기분 전환이며 새로운 일에 집중하기 위한 과정입니다. 공부에 들이기기 전에 항상 반복히는 일정한 행동이라면 그 내용은 무엇이라도 좋습니다. 서랍을 정리하는 것도 좋고 연필을 깎는 것도 좋습니다.

이렇게 공부를 시작하기 전에 꼭 일정한 과정을 일종의 '의식'으로 반복하게 되면, 그 행동 자체에는 달리 구체적인 의미는 없지만 '신경 쓰는' 일이 줄어들고, 따라서 다음 행동으로 옮겨갈 마음가짐이 준비됩니다. 자기가 항상 반복하는 '의식'이, 전에 그렇게 함으로써 좋은 결과를 거둔 적이 있다면 더욱 좋습니다.

예를 들어, 이전에 공부가 잘 되었을 때를 생각해 보니 직전에 차를 마신 적이 있다면, 앞으로는 공부를 시작하기 전에 꼭 차를 마시는 습관을 들이는 게 좋다는 것입니다. 즉, 공부를 하기 전에 차를 마신다는 '좋은 습관'을 '의식'화시키는 것입니다.

그 '의식'을 행할 때마다 과거의 좋은 결과가 기억 속에 되살아나게 되고 그에 따라, 이번에도 역시 반드시 지난번처럼 좋은 결과를 가

겨올 수 있으리라는 자신감을 가질 수 있게 됩니다. 말하자면 자기 암시 효과라고 할 수 있습니다. 이 자신감이 공부에 대해 적극성을 부여해 주고 집중력을 높여주는 중요한 요소가 됩니다.

이런 방법으로 집중력을 키워간다면 공부 도중에 꼭 찾아오는 반갑지 않은 '싫증' 이라는 손님이 저절로 없어집니다. '싫증' 은 공부에 대한 흥미를 잃게 하고 집중력 수준을 떨어뜨립니다. 이 장에서는 '싫증' 을 봉쇄하는 테크닉을 소개하겠습니다.

읽고나면 행복해지는
명언 한마당

건강과 지성은 인생의 두 가지 복이다.

-메난드로스

야호! 합격으로 가는길 3

지금 하고 있는 공부가 일단락되면 텔레비전을 볼
수 있다는 등, '공부 후의 즐거움'을 만든다.

부모님과 대학에 합격하면 원하는 것을 가질 수 있
다는 약속을 맺는다.

집중이 되었으면 난이도 보다는
중요도에 포인트를 두라

수험생들에게 공부 방법에 대해 질문해 보면 손대기 쉬운 것, 하기 쉬운 것부터 시작한다는 경우가 많습니다. 확실히 이러는 편이 공부에 리듬을 탈 수 있고, 그 리듬을 잃지 않으면 그날 하루의 공부에 집중할 수 있습니다.

그러나 이 방법에는 함정이 하나 있습니다. 자칫하면 언제나 쉽고 간단한 것만 찾게 될지도 모릅니다. 리듬을 타는 것은 좋지만 그것을 좀더 어려운 과목, 흥미없는 과목의 공부에 집중하는 에너지로 전환시키지 않고 그대로 가장 쉬운 것에만 줄곧 매달리게 될 가능성이 있다는 말입니다. 이런 함정에 빠지는 것을 '쉬움의 덫'이라고 이름 붙인 심리학자도 있지만, 공부의 우선 순위를 난이도에 따라 결정하게 되면 이렇듯 함정에 빠지게 마련입니다.

이 공부 방법은, 책상 앞에서는 집중이 되는데 그 성과가 본질적인 것에 연결되지 못하는 한계를 느끼게 됩니다. 쉬운 문제를 많이 풀면 공부했다는 기분은 느낄 수 있지만, 실제 입시에서 그런 평범한 문제가 나올 가능성은 매우 적습니다. 대학 시험이라는 것이 수험생이 각 과목의 중요 포인트를 얼마나 정확하게 이해하고 있느냐 하는 것입니다. 현재 집중해서 공부하는 있는 쉬운 부분은 중요한 포인트와 일맥상통하지 않습니다.

쉬운 문제로 시작해서 그것이 끝나고 공부에 리듬을 타기 시작했으면 도중에 방법을 변화시킬 필요가 있습니다. 쉬운 부분부터 시작하던 지금까지의 방법에서 중요도 순으로 정복해 나가는 방법으로 변화시켜 봅시다. 실제 시험에 나올 가능성이 많은 중요도 높은 부분에 집중력이 가속 된다면 짧은 시간에도 효과적인 공부를 할 수 있습니다.

Key Point

실제 입시에 나올 가능성이 많은 중요도 높은 부분에 집중력이 붙는다면 짧은 시간에도 효과적인 공부를 할 수 있습니다.

마음이 해이해질 때는
분 단위로 스케줄을 세우자

15

저는 일 관계로 기업의 사장이나 최일선에서 일하는 비즈니스맨과 만나는 경우가 많습니다. 그들 대부분은 분 단위의 스케줄에 따라 행동합니다. 예를 들면, 거래처로부터 전화를 받아 10시 30분까지 협상을 끝내고, 45분까지는 한 건의 서류를 정리하고 , 50분에는 회사를 나와 거래처로 향한다. 이런 식입니다.

이런 빡빡한 스케줄 때문에 녹초가 되어 버리거나 일이 산만하게 되어 버리지는 않을까 생각할지도 모르겠지만 절대 그렇지 않습니다. 그들은 매우 활기차게 일하고 있으므로 모든 일에 성실히 몰두하고 있습니다. 반대로, 시간이 남아돌아 일을 잘 할 수 있을 것 같은 비즈니스맨을 보면 전혀 그렇지 않습니다. 오히려 빈둥거리는 경향이 있어서 일이 산만해 집니다. 여러분도 집중의 능률을 높이고 싶다면 분 단위의 스케줄에 따라 행동하는 비즈니스맨의 지혜를 빌려보는 게 어떻겠습니까?

재산이나 재능, 운세는 불공평하다 해도 시간만은 모든 사람에게 공평하게 주어져 있습니다. 하루는 시간은 평범한 사람에게나, 감옥에서 하루하루를 보내고 있는 사형수에게나 똑같이 흐르고 있습니다.

물리적으로는 분명히 그럴 것입니다. 그러나 이 물리적 시간을 심리적 시간으로 변환시켜 생각해 보면 이야기는 달라집니다. 실제 우리가 느낄 수 있고, 그 속에서 작업을 하거나 즐기고 있는 시간은 물리적 시간이 아니라 심리적 시간입니다. 심리적 시간은 물리적 시간과는 다릅니다. 한 시간이라는 동일 단위의 시간이라도 그것을 느끼는 사람에게 있어서의 심리적 밀도는 각각 다릅니다.

물리적 시간은 같다 해도 심리적 기술에 의해 우리가 느끼는 시간의 장단과 밀도는 조절할 수 있습니다. 심리적 시간을 컨트롤함으로써 정신 집중을 높이는 것도 가능합니다.

이런 예가 있습니다. 몇 년 전 샷포르 동계 올림픽이 1년 정도 앞으로 다가왔을 때 신문들은 '동계 올림픽까지 앞으로 1년' 이라고 썼습니다. 이것을 '앞으로 365일', 혹은 '앞으로 362일' 이라는 식으로 표현했더라면 어땠을까요? 막연히 '1년' 이라고 하는 것과 '365일' 이라고 하는 것의 의미는 같지만 받아들이는 사람의 느낌은 상당히 다릅니다. 작은 시간 단위로 표현하는 것이 더 긴장감을 줄 수 있고 하루하루 그 느낌이 강해지는 것을 알 수 있습니다. '1년' 이라는 표현으로는 앞으로 며칠이 남았는지 심리적으로 영향을 줄 수 없습니다.

혹은 이런 예도 있습니다. 저는 마감일이 촉박해서도 원고를 다 쓰지 못하는 경우가 있습니다. 그럴 때 편집자가 재촉을 하러 와서 이렇게 말을 한다고 쳐봅시다. "선생님, 마감일이 3일 밖에 남지 않았습니다." 그럼 저는 "그래요?"라고 대답하고 마음 속으로 아직 하루 정도는 여유가 있다는 생각을 하게 됩니다. 그런데 만약 그가 "앞으로 70시간 남았습니다."라고 한다면, 저는 깜짝 놀라 펜에 스피드를 더하게 될 것입니다.

이 테크닉은 입시 공부에도 응용할 수 있습니다. 예를 들어, '날'을 '시간'으로, '시간'을 '분'으로 각각 한 단위씩 낮춰서 생각하는 것입니다.

많은 수험생들은 시간을 사용하는 방법이 서투릅니다. '몇 시 정도까지'라든가, '몇 일 정도까지'라는 식의 계획이 적지 않습니다. 이른 '습관'이 긴장감을 빼앗아 버려 시간을 산만하게 허비해 버리는 일이 얼마든지 있습니다.

일상적인 시간 단위를 다소 엄밀하게 구분해서 공부해 보면 어떻겠습니까? 예를 들면, '6시경'이 아니라 '5시 55분', '한시간 정도 영어, 두 시간 정도 수학'이 아니라, '50분간 영어를 공부하고 100분간 수학 문제를 푼다', 이렇게 '에누리없는' 계획을 세워보는 것입니다.

몇 시경, 몇 시 정도 등에 의하여 생길 수 있는 마음의 이완은 집중의 적입니다. 게다가 궁지에 몰렸을 때는 그 이완감이 초조로 연결되는 경우가 종종 있습니다.

분 단위 계획으로 자신을 몰아부침으로써 마음의 이완 상태를 제거하면, 막다른 궁지에 몰려 불안함에 떠는 일은 자연적으로 치유되게 됩니다.

 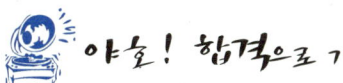 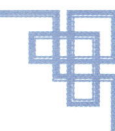

 공부가 잘 될 때는 종료 시간에 구애되지 말고
철저하게 한다.

 시험이 끝난 직후야말로 공부의 능률을 올릴 수
있는 절호의 찬스다.

16 참고서를 읽을 때는 다른 사람에게 설명하는 기분으로 하라

영화 평론가인 Y씨에게 지금의 일을 하게 된 경위를 물어본 적이 있습니다. 그는 다음과 같이 대답했습니다.

"우리 가족은 모두가 영화 메니아였습니다. 그래서 저도 어릴 때부터 부모님을 따라 자주 영화를 보러 다녔습니다. 그 때 저의 역할은 같이 가지 못한 가족들에게 영화의 내용을 설명해 주는 것이었습니다. 자연히 저는 어떤 영화든 가족들에게 세세한 부분까지 설명해 주기 위해 스크린을 잡아 먹을 듯이 주시해야 했습니다. 그럭 저럭하는 사이에 저는 영화가 갖고 있는 매력에 완전히 포로가 되었고 지금 이런 직업을 갖게 되었습니다."

그의 말을 집중력이라는 관점에서 살펴보면 함축하는 바가 매우 크다고 할 수 있습니다. 그의 경우, 가족들에게 자기가 본 영화의 내용을 들려주기 위한 목적이 있었기 때문에 영화를 진지하게 볼 수 있었다고 하였습니다. 만일 그가 그런 목적을 갖고 있지 않았다면 그냥

부모님 손에 이끌려 영화를 보는 것만으로 끝나 버려, 영화의 매력에 포로가 되는 일은 없었을지도 모를 일입니다. 모든 영화를 항상 진지하게 보았기 때문에 다른 사람들이 느끼지 못하는 영화의 매력과 재미에 이끌리게 된 것이고, 그것이 또 자신의 독특한 평론 활동의 기초가 된 것이 아닐까 하는 점을 충분히 생각해 볼 수 있습니다.

Y씨 같은 마음가짐으로 공부를 해봅시다. 그냥 막연하게 공부할 게 아니라 내용을 나중에 다른 사람에게 설명해 줄 수 있도록 공부해 보는 것입니다. 상대는 학교 친구라도 좋고, 부모 형제라도 상관없습니다. 어느 부분이 재미 있었다든지, 어느 부분이 이해하기 어려웠다든지 하는 점들을 섞어서 설명하는 것입니다. 이런 마음가짐으로 공부하면 어떻게든 집중하지 않을 수 없습니다.

평소에 공부할 때보다 몇 배나 더 많은 내용이 머리속에 들어오게 될 것입니다.

합격 가능성이 막연해서 불안할 때는 목표를 크게 써 붙여라

미국의 저명한 창조성 개발 이론가이자 실천가인 A.L. 짐버. 그는 목표를 명확하게 하는 기술로 다음과 같은 세 가지를 설명하고 있습니다.

첫째, 기술(記述)한다. 목표, 문제점을 가능한 한 많이 열거한다.

둘째, 의문을 가진다.

셋째, 정확한 목표를 선택한다.

저는 이 중에서 첫째의 '기술한다' 와 관련해서, 공부의 목표를 글이나 도표로 크게 써 붙이는 방법을 꼭 권장하고 싶습니다. 머리 속으로만 생각하고 있을 때는 막연해서 확실한 목표가 되기 힘들기 때문입니다.

공부의 목표를 세우는 것은 좋은 일이지만 막연한 목표로 끝나 버리는 경우가 많습니다. 예를 들어, '서울대학에 간다', '다음번 모의고사까지는 점수를 20점 올린다' 는 계획을 세운다고 합시다. 물론 이 계

54

획만으로도 의욕이 생겨 공부에 집중력을 올릴 수 있는 학생도 있습니다. 하지만 한편으로, 이 목표만으로는 막연한 느낌이 들어 책상 앞에서 하는 일 없이 시간을 보내는 수험생도 있을 것입니다.

그 이유는, 전자의 수험생은 목표에 대해 무엇을 하면 좋은 것인가를 알고 있는 반면, 후자의 수험생은 목표에 대해 무엇을 해야 좋을지를 알지 못하거나, 그 목표가 정확한 목표인지 아닌지를 자신이 정확하게 알지 못하기 때문입니다. 지금 하고 있는 일의 필요성을 모르기 때문에 당연히 집중력이 약해집니다. 이렇게 되면 능률이 오르지 않고 목표를 달성하지 못해 불합격이라는 등식이 성립되는 것입니다.

이럴 때는 공부의 목표와 그것을 달성하기 위한 과정을 글이나 도표로 써 붙여봅시다. '목표는 ××대학' 이라는 종이를 책상 앞에 써 붙인 다음, 그 목표를 위해 무엇이 필요한지 써 보는 겁니다. 그리고 그 목표를 달성하기 위한 스케줄을 작성해 보십시오. 그 스케줄이 잘 짜여지지 않는다면 목표에 과하다는 증거입니다. 이때는 궤도를 수정해야 할 필요가 있습니다. 이런 과정을 통해 자신이 해야 할 일을 깨닫게 되면 집중력을 발휘할 수 있습니다.

이 방법은, 예전에 제가 대학에서 학생들에게 졸업 논문 주제를 지도할 때 경험한 것입니다. 의욕이 부족해서 공부에 집중하지 못하는 학생일수록, 자기가 하고 싶은 것을 정확히 알지 못하는 경우가 많습니다. '부모와 자식의 관계' 에 대해 논문을 쓰려고 하는 한 학생에게, "구체적인 대상의 나이와 성별, 첫째인가 막내인가, 우리 나라 문제인가 외국의 문제인가?" 를 질문했더니 그 학생은 정확히 답변하지 못하고 우물쭈물하기만 했습니다.

그래서 그 학생에게, 먼저 목표를 명확히 결정하고 그 목표에 이르기까지의 과정에서 무엇이 필요하고 무엇을 해야 하는가를 도표로 작성해 보라고 주문했습니다. 그랬더니 그는 곧 의욕을 보이고 그 주제에 집중하기 시작했습니다. 그의 졸업 논문이 다른 학생들에 비해 조금도 뒤떨어지지 않았음은 말할 필요도 없습니다.

• 매장된 황제보다도 살아있는 거지가 좋다.

- 라 퐁텐

18   암기는 '게임화' 하라

영어 단어를 외우거나 독일어의 동사 활용을 암기한다든지 할 때는 단조로워지기 쉬워 집니다. 몇십 개의 단어를 외우는 동안 그만 지겨워져서 집중력이 중단 되고 맙니다. 이런 암기 작업은 착수하기도 힘들 뿐아니라 집중하기도 힘이 듭니다. 하지만 '암기'는 고득점에 직접 영향을 미치는 일이 많기 때문에 집중하지 않을 수가 없습니다. 그래서 여기서는 효과적으로 암기하기 위한 노하우를 소개하겠습니다.

암기 공부에 '게임'의 요소를 도입하면 신기하게도 공부에 재미가 붙습니다. 예를 들어, 단어를 암기하면서 "오늘은 어느 정도 외웠을까?"를 매일 그래프로 그려보십시오. 지금까지의 기록과 오늘의 기록을 대조시켜 보는 것입니다. 이렇게 암기를 '게임'화시키면 싫증을 추방할 수 있습니다. "오늘은 지금까지 최고 기록을 세웠다."고 느끼게 되면 저절로 공부에 집중할 수 있게 됩니다.

혹은 친구들끼리 '내기'를 하는 것도 좋습니다. 단어를 하루에 얼마만큼 외울 수 있는가를 경쟁해서 차비를 내기로 한다든지 하는 것도 하나의 방법입니다. 친구와의 '게임'이기 때문에 쉽게 열중하게 되어 자기도 모르게 평소보다 많은 단어를 외울 수 있게 될 것입니다.

잠깐 쉬어가자!!

• 아침마다 거울을 보고 자신에게 웃어 본다

간밤에 늦게 자서 잠이 모자라게 되면, 다음날 아침이면 무뚝뚝해 진다.

그러나 세수를 하고 거울 속에 비친 자신에게 생긋 웃어 본다. 이상할 만큼 잠도 깨어지고 기분도 아주 상쾌해진다.

능률을 높이고 싶으면 시간이 적게 걸리는 과목부터 손을 대라

19

클래식 음악 콘서트에 가면, 15분 정도의 가벼운 곡으로 시작해서 다음에는 20분에서 30분 정도의 기악곡, 마지막으로 한 시간 가까운 교향곡으로 끝나는 것이 일반적인 프로그램입니다. 손쉬운 곡으로 관중들의 관심을 집중시키고 마지막으로 가장 집중력이 필요한 곡을 연주한다는 것은 상당한 지혜입니다. 이런 프로그램을 공부에도 응용할 수 있는 것은 말할 필요도 없습니다. 그날의 공부를 무슨 과목부터 시작하는가에 따라 공부의 효율은 크게 차이가 있습니다. 처음에 영어나 수학과 같이 어려운 과목을 시작하는 수험생이 있는데, 이래서는 그렇지 않아도 집중이 힘든 과목이 더 어려워질 가능성이 많습니다. 그러므로 공부를 시작할 때는 시간이 적게 걸리는 과목부터 먼저 하는게 좋습니다.

시간이 적게 걸리는 과목이란, 바꿔 말하면 내용이 쉽다는 것이나 마찬가지입니다. 그것을 짧은 시간에 해치울 수 있다면 공부에 한결

탄력이 붙을 것입니다. 이런 집중력을 지속해 가면서 두 과목째, 세 과목째, 리듬을 타고 소화시켜 나가면 마지막으로 가장 어려운 과목이 남습니다. 대개 이것은 가장 취약한 과목인 경우가 많습니다.

하지만 리듬을 타고 기분 좋게 공부에 집중하고 있을 때는 이 어려운 과목도 "이것만 하면 오늘 공부는 끝이다!"라는 즐거운 기분으로 맞이할 수 있게 됩니다. 이렇게 되면, 평소라면 두 시간 가까이 해야 하는 과목이라도 한 시간 정도면 끝낼 수 있습니다. 집중력이란 이외로 이렇게 단순한 방법을 통해서도 발휘될 수 있는 것입니다.

Key Point

내용이 쉬운 과목으로 집중력을 키우면 어려운 과목까지 소화낼 수 있습니다.

집에서 좀 떨어진 도서관에서 '통조림 공부'를 해보자

20

유명 작가라고 일컬어지는 사람들 중에는 작품 마감이 임박해지면 출판사의 요청에 의해 화려한 호텔에 틀어박혀 글을 쓰는 사람들이 적지 않다는 얘기를 어느 편집자로부터 들은 적이 있습니다.

그것은 유명 작가이기 때문에 특별 대우를 해주는 것이 아닙니다. 그 이유는 극히 단순합니다. 작가가 "나를 위해 이렇게 화려한 곳에 돈을 쓰는구나. 하루라도 빨리 완성해야겠다."는 생각을 품게 되고, 그것이 집중력을 끌어내기 때문입니다.

저자 역시 지방에 자주 강연을 다니는 편인데, 그 경우 강연회가 유료인지 무료인지를 꼭 물어봅니다. 왜냐하면 유료 강연장에 참석한 청중들은 대개 열심히 강연을 듣기 때문입니다. 반대로 무료 강연회에 모이는 사람들은 집중력이 결여되어 있어 강연을 듣는 태도가 그리 좋지 못합니다. 그런 경우에는 저 역시 방법을 바꾸지 않을 수 없습니다.

공부도 마찬가지입니다. 때로는 일부러 도서관이나 카페에 가서 공부해 보는 것도 좋은 방법입니다. 그러면, "나는 지금 아까운 돈과 시간을 들이고 있다."는 생각이 일종의 '집중 촉진제' 역할을 하게 됩니다.

 명언 한 마디!

• 인생은 연극과 같다. 훌륭한 배우가 걸인도 되고, 삼류배우나 대감이 될 수도 있다. 어쨌든 지나치게 인생을 거북하게 생각하지 말고 솔직하게 어떤 일이든지 열심히 하라.

- 후쿠자와 유키치

아무리해도 공부에 집중할 수 없을 때는 즉시 중단하라

21

공부를 해야 하는데……라고 생각하면 할수록 집중이 안 되는 경험은 누구에게나 있을 것입니다. 특히 까다로운 과목일수록 하기는 해야 하는데 초조해지기만 할 뿐 책상 앞에 앉아도 머리가 아프고 교과서의 글자가 머릿속에 들어오지 않습니다. 혹은, 시작할 때는 좋았는데 한 시간도 채 못 돼 잡념이 생기고 정신이 산만해져 더 이상 집중할 수 없는 경우도 있을 것입니다.

이럴 때는 공부를 시작하기 전에 "집중이 안 될 때는 언제든지 중단한다."고 자신에게 암시해 보십시오. 그러면 예전과는 비교할 수 없을 정도로 기분이 좋아지고 오히려 집중력이 강해질 것입니다. "집중해야 한다. 집중해야 한다."고 지나친 압박을 가하면 오히려 가중되는 그 압박에 견디지 못해 스스로 무덤을 파고 마는 경우도 있습니다.

마치 야구에서 투수가 스트라이크를 던지려고 지나치게 어깨에 힘을 주면 볼이 되고 마는 것과 같은 이치입니다. 스트라이크를 던져야 한다는 압박감이 강해질수록 컨트롤에 대한 집중력이 저하됩니다. 당연히 스트라이크를 던지지 못하게 되는 것입니다.

　공부를 할 때도 무리해서 집중하려 하면 그 압박감 때문에 집중력이 흐트러질 수 있습니다. 이럴 때는 "언제든지 중단한다."고 마음을 바꾸어 보는 것도 하나의 방법입니다. 의외로 집중력이 향상되는 것을 경험할 수 있을 것입니다.

Key Point

集중력이 떨어질 때 무리해서 集중하려 하면 그 압박감 때문에 오히려 集중력이 흐트러질 수 있습니다.

22 텔레비젼이 보고 싶거나 전화를 걸고 싶은 유혹은 보상으로 남겨두자

"*말의* 눈앞에 당근을 흔들어 달리게 한다."

이런 방법이 기억력 증진에 도움이 된다는 말을 하면 "나는 말이 아니다."며 분개할 사람이 있을지도 모르겠습니다. 하지만 원칙적으로 이와 완전히 동일한 방법으로 실제로 집중력을 향상시켜 기억력을 증진시킬 수 있음이 잘 증명되고 있습니다.

이 방법의 원리는, 심리학의 '보상(補償) 효과를 활용하는 것인데, 재미있는 것은 정신을 산만하게 하는 원인이 되는 것이 반대로 집중의 수단으로 사용된다는 점입니다.

예를 들어, 공부를 하는 중에 항상 커피가 마시고 싶다거나 텔레비전이 보고 싶다 혹은 전화를 걸고 싶다거나 하는 유혹에 빠지기 쉽습니다. 이것을 역으로 이용해, 어떤 목표를 달성하고 나면 커피를 마실 수 있다. 텔레비전을 볼 수 있다는 보상을 스스로 설정하는 것입니다. 이렇게 하면 재미있게도 이 '보상'을 빨리 받고 싶어서 예정된 공부를 훨씬 빨리 마치게 되고 이 과정에서 집중력이 향상됩니다.

아울러, '보상'을 목표로 열심히 노력했다는 즐거운 기억은 빈둥빈둥 마지못해 공부하던 때의 기억보다 오래 남는다는 사실이 잘 알려져 있습니다.

한 학자의 실험에 따르면, 51명의 학생에게 즐거운 경험과 불쾌한 경험을 시켜본 결과 3주일 뒤에는 즐거운 경험은 42.8%의 학생이 기억해 낸 반면, 불쾌한 경험을 기억해 낸 사람은 28.2%에 지나지 않았다고 합니다.

'보상'을 목표로 집중력을 발휘한 '즐거운 경험'은, 다음에 집중력이 필요할 때 다시 불러올 수 있는 계기가 될 수도 있습니다.

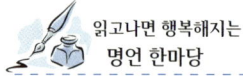 읽고나면 행복해지는
명언 한마당

자기 자신보다 더 현명한 충고를 줄 수 있는 사람은 없다.

-키케로

23

공부 도중에 복장을
정반대로 바꿔보자

수험생들 중에는 학교나 학원에서 돌아온 복장 그대로 책상으로 향하는 습관을 가진 사람이 있습니다. 옷을 갈아입을 시간도 아깝다는 기분은 이해할 수 있지만 이런 습관으로는 능률이 오르지 않습니다. 그 중에서도 특히 집중력이 산만해지기 쉽기 때문입니다.

고작 옷을 갈아입는다, 갈아입지 않는다는 사소한 차이에 집중력이 좌우된다고 하면 터무니없는 소리라고 생각할 지도 모르겠으나 이것은 역사적 사실로도 증명됩니다.

명치 유신(明治維新)의 '3걸' 중 한 명인 사이고 다카모리는, 관직을 버리고 고향인 가고시마로 돌아간 후 줄곧 기모노만 입었다고 전해집니다. 애견을 데리고 가끔씩 사냥을 갈때도 그는 기모노를 고집했다고 합니다.

그러던 그가 사학교(私學校) 학생들에게 추대되어 세이난 전쟁(西南戰爭)을 일으켰을 때는 오랫동안 옷장 깊숙이 보관해 두었던 육군대장 제복을 꺼내 입었다고 합니다. 원래 말수가 적었던 그는 그 옷을 입음으로써 무언 중에 부하 장교들에게 '의지'를 나타내 보이고 전쟁에 대한 집중력에 불을 붙인 것입니다.

우리는, "저 사람은 제복이 잘 어울린다."는 식의 말을 하곤 합니다. 그 사람의 성격이 제복이 주는 이미지와 가깝다는 것인데, 오랜 시간에 걸쳐 한 가지 제복을 입게 되면 성격이나 그 사람의 사회적 지위가 자연스럽게 표출됩니다.

심리학에서는 이것을 '연장자아(延長自我)'라고 합니다. 이 연장자아를 이용해 옷을 바꿈으로써 그옷을 입는 사람 자신도 변화시킬 수 있습니다. 예를 들어, 경찰관의 경우 제복을 입고 있을 때는 위엄 있는 모습이다가도 사복으로 갈아입는 순간 놀기 좋아하는 보통의 청년으로 돌아가는 경우가 있을 수 있습니다.

많은 사람들이 이런 것을 무의식 중에 알고 있기 때문에 뭔가 새로운 일을 시작할 때 복장을 바꾸는 것입니다.

이런 특성을 입시 공부에 적용하지 못할 이유는 없습니다. 집에 돌아와서 등교할 때와 똑같은 복장으로 책상을 마주하는 것은 스스로 '싫증'을 불러들이는 일입니다. 낮 동안의 피로와 싫증이 계속되고 아무리 노력해도 집중력이 흩어지기 쉽습니다. 이런 경우에는 과감하게 복장을 바꿔봅시다.

집에서 오랜 시간 공부를 할 때도 마찬가지입니다. 공부에 싫증이 날 경우에는 과감하게 옷을 바꿔입어 보십시오. 그러면 싫증을 추방하고 신선한 집중 에너지를 얻을 수 있을 것입니다.

  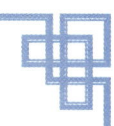

야호! 합격으로 가는 길 5

 취약 과목을 공부할 때는 꼭 자명종을 맞춘다.

 마음이 해이해질 때는 분 단위의 스케줄을 세운다.

24 글씨를 깨끗하게 써본다든지 해서 변화를 모색하자

고속도로는 원래 직선으로만 만들 수 있는 곳이라도 일부러 곡선으로 만든다고 합니다. 운전에 타성이 붙어 집중력이 산만해지는 사고를 방지한다는 의미에서입니다. 공부를 할 때도 '타성'을 퇴치하기 위해서 여러 가지 궁리가 필요합니다.

그래서 가장 먼저 권하고 싶은 것은, 주변을 조금만 변화시켜 '타성'에서 탈출해 보라는 것입니다. 단순한 공부라고 해도 처음에는 단조롭게 느껴지지 않습니다. 흥미, 경쟁 의식, 흥분 등의 요소가 있기 때문에 주변에 변화를 줄 필요가 없습니다. 그러나 점점 싫증이 나게 되면 새로운 '패턴'을 도입해 보는 것입니다. 이렇게 하면 짧은 시간에 처음의 신선함을 회복하고 다시 공부에 집중할 수 있게 됩니다.

예를 들어, 영어 단어장을 다섯 페이지씩 암기하는 공부를 한다고 해봅시다. 하품이 나거나 지루해지기 직전에 연필을 손에쥐고 단어의 철자를 쓰면서 암기해 보십시오. 단순히 '외운다'에서 '쓰면서 외운다' 로 방법을 조금만 바꿔보는 것입니다.

혹은 노트에 필기를 하다가 싫증이 나면 글자를 한 획 한 획 정성 스럽게 쓴다든지, 일견 쓸모없어 보이는 행동을 해보는 것도 좋습니다.

이때 주의해야 할 것은 한 번 주위를 변화시켜도 얼마 지나지 않아 또 타성이 생기는 경우입니다. 저는 교통 안전을 위한 강연에서는 항상 "단조로움을 극복하기 위한 방법이 습관적이고 기계적인 동작이 될 때가 가장 위험하다."고 강조하고 있습니다.

그래서 주변을 변화시키기 위해 도입한 패턴이 매너리즘에 빠지지 않도록 어느 단계가 되면 새로운 패턴을 만들어 계속해서 조금씩 조금씩 변화를 주어야 합니다.

Key Point

공부의 방법을 변화시킴으로써 처음의 신선함으로 돌아가 집중력이 향상됩니다.

71

일단 끝난 과목은 잊어버려라

'제왕'으로 불리는 지휘자 카라얀에게는 호텔 열쇠를 수집하는 묘한 버릇이 있었다고 합니다. 그는 방 열쇠들을 돌려주는 것을 잊고 다음 연주지로 갖고 가 버리곤 했습니다.

저는 카라얀이 연주 자체에만 집중력을 발휘할 수 있는 비밀 중의 하나가 호텔 열쇠 수집에서 보여준 '건망증'에 있다고 봅니다. '망각'이라고 하면 뭔가 좋지 않은 느낌이 드는 사람도 있겠지만, 망각은 사실 매우 중요한 것입니다. 과거의 일을 하나씩 잊지 않고서는 새로운 지식이 들어올 자리가 없어집니다.

사랑이라는 현상을 살펴보면 이것을 쉽게 알 수 있습니다. 헤어진 옛 애인을 잊지 못하고 방황만 한다면 새로운 애인을 찾을 수 없습니다. 과거의 일을 망각함으로써 새로운 만남이 가능한 것이고 새로운 사랑에 빠질 수 있는 것입니다.

수험 공부에서도 '망각'은 중요합니다. 한 시간 전에 푼 수학문제에 연연한 채 영어공부를 시작해서는 아무 소용이 없습니다. 수학에 대한 미련이 영어에의 집중을 방해하기 때문입니다.

영어에 집중하기 위해서는 수학에 관해 일단 완전히 잊어버릴 필요가 있습니다.

그러기 위해서는 수학이 끝난 후 휴식 시간에 기분을 전환시켜 수학에 관한 일을 완전히 잊어버리십시오. 커피를 마시거나 재미있는 책을 읽어도 좋습니다. 또는 잠시 좋아하는 음악을 듣는 것도 좋을 깃입니다. 그렇게 먼저 한 과목을 깨끗이 잊고 난 후에 다음 과목을 시작하는 것입니다.

잠깐 쉬어가자!!

• 시려 오는 발은 휴지로 응급 처치

추운 날 밖에서 오랫동안 서 있어야 할 때 시려 오는 발을 동동 구르며 제자리 뛰기를 한 경험이 있을 것이다. 보드라운 휴지를 2~3장 포개어 발가락을 싸고 신발을 신으면 금새 발끝이 녹아 온다.

26 영 집중이 안 될때는 공부를 중단하고 전체를 다시 훑어보자

주변에 변화를 주고, 복장을 바꿔보고, 공부의 순서를 바꿔보는 등 이런저런 궁리를 다해 집중력을 높여보려 해도 여전히 집중이 안 될 때가 있습니다. 이런 경우 어떻게 해야 좋겠습니까?

저자의 체험을 예로 들어보겠습니다. 책 한 권 분량, 원고지 300매를 쓰지 않으면 안 된다고 가정해 봅시다. 기간은 1개월입니다. 300매라고 하면 상당한 것처럼 보이지만 30일로 나누어 보면 하루에 열 장씩밖에 안 됩니다. 일단 그렇게 생각하고 집필을 해나갑니다. 하지만 길고 지루한 작업이기 때문에 당연히 싫증이 납니다. 반쯤 지나면 정말이지 쳐다보기도 싫을 정도가 됩니다.

그래서 저는 중간에 작업 중 한 번 뒤돌아보는 것을 원칙으로 하고 있습니다. 책상 옆에 쌓아놓은 원고를 집어들고 매수를 세어봅니다. 150매를 썼다고 합시다. 지금까지 정신없이 작업에 열중했기 때문에 어느 정도 썼는지 매수를 잊고 있습니다. 그리고는 스케줄 표에서 지금까지 며칠이 걸렸는지 살펴봅니다. 14일 걸렸다고 합시다. 그러고 나서 하루의 작업량을 산출해보면 11매라는 계산이 나옵니다.

이렇게 '되돌아보는 작업'을 마치고 난 뒤 이번에는 앞으로 남은 일을 살펴봅니다. 앞으로의 작업 순서, 관점, 남은 부분에 포함시킬 자료 점검, 전체적인 밸런스 등을 체크해 보는 것입니다. 그러고 나면 전반부와 비교해서 후반부는 관점을 조금 변화시킬 필요가 있을 경우도 있고 작업 속도가 약간 떨어질 수도 있습니다. 하지만 이런 짐들을 생각하는 동안 마음 속에는 일에 대한 집중력이 회복되고 다음 원고지를 향해 의욕이 생기는 것입니다.

아무리 해도 집중이 안 될때는 일단 공부를 중단하십시오. 산길을 걸을 때 자기 발 밑만 쳐다보면 그 길이 영원히 계속되는 듯한 기분이 들어 끝까지 가지 못하고 중도에서 포기하는 경우가 있습니다. 시간이 많이 걸리는 공부를 할 때도 이와같은 심리 상태에 빠지는 일이 흔하게 있습니다. "언제까지 해야 끝이 나는 걸까?" 하는 생각에 자기가 어느 위치에 있는지도 느끼지 못하고 멍해지는 것입니다. 그래서 하품이 나오고 엉뚱한 생각을 하게 되어 집중력이 현저히 떨어지고 맙니다.

이럴 때는 산길을 걸을 때의 지혜를 응용할 수 있습니다. 더이상 오르기가 힘들어질 때는 잠시 멈춰 서서 멀리 아래쪽, 자기가 걸어온 길을 돌아봅니다. 그리고 다시 앞을 바라봅니다. 정상이 보이면 기분이 저절로 고무되어 조금만 더 가면 도착할 것이라는 예측이 가능해집니다. 이런 식으로 휴식을 취하는 동안 새로운 에너지가 솟아나옵니다. 이것이 등산의 지혜입니다.

산길에서는 정상이 잘 보이지 않는 경우가 있지만 공부에서는 그런 일은 없습니다. 지금까지의 달성량을 전체에서 빼보면 남은 양이 쉽게 산출됩니다. 최종 목표가 바로 눈앞이라는 것을 확인하는 것만으로도 작업을 중단하고 뒤를 돌아다본 가치가 있습니다.

이런 과정 없이 눈 앞의 공부에만 마음이 사로잡히다 보면 자기가 처한 처지를 인식하지 못합니다. 집중할 수가 없다는 생각이 계속될수록 남은 시간이 마음에 걸려 "도저히 쉴 여유가 없다."는 생각에 빠지고 말아 공부를 중단하는 것이 두려워집니다. 이런 때일수록 과감히 책을 놓고 머리를 식혀보십시오.

 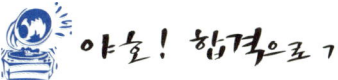 

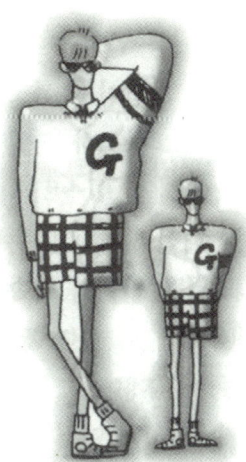

 공부가 정체되면 잠시 손을 놓
고 남은 분량을 확인해 본다.

 먼저 전체를 훑어보고 의욕이
생기는 과목부터 시작한다.

짧은 시간 집중하고 싶을 때는 딱딱한 의자에 앉아 등을 펴고 하라

27

학교 교실의 의자가 왜 그렇게 딱딱한지 그 이유를 생각해 본 적이 있습니까? 왜 더 비싸고 부드러운 의자를 사용하지 않는것일까요? 실은 여기에는 깊은 의미가 있습니다. 딱딱한 의자에 앉아 자세를 바로하면 당연히 등을 곧게 펴지게 됩니다. 등이 곧게 펴지면 근육이 긴장되고 대뇌를 자극합니다. 결국 학생의 대뇌를 보다 활발하게 자극해서 능률을 올리기 위해 딱딱한 의자를 사용하는 것입니다.

빠른 성장을 이룬 한 회사에 다음과 같은 일화가 있습니다. 이 회사의 특징 중 하나로 'endless meeting' 이라는 것이 있습니다. 좋은 아이디어가 나올 때까지 마라톤 회의를 하는 것입니다. 이때 사원들은 부드러운 소파가 아니라 딱딱한 의자에 앉아 자세를 바로하고 의견을 나눈다고 합니다. 창조적인 아이디어의 원천은 의외로 이런 사소한 곳에 있는 것인지도 모릅니다.

시험 직전에는 짧은 시간 동안 가능한 한 집중하지 않으면 안 됩니다. 이럴 때일수록 딱딱한 의자에 등을 곧게 펴고 앉아 공부해 보십시오. 머리가 맑아지고, 편한 자세로 책을 읽을 때보다 같은 시간에 몇 배나 더 많은 내용을 기억할 수 있게 될 것입니다.

28 가끔씩은 '~하면서 공부'도 해보라

꼭 음악을 들으면서 공부를 하는 학생이 많습니다. 그러면 부모님들은 '음악을 들으면서 공부가 진지하게 될 리가 있니? 공부에나 집중해.'라고 꾸중을 하시게 마련입니다.

확실히 공부보다도 음악에 마음을 빼앗기는 학생도 있을 것입니다. 혹은 여자 친구 생각을 하고 있는 자신을 발견하고 정신이 번쩍 드는 학생도 있을 것입니다. 이것은 집중을 방해하는 여러가지 요인에 마음을 빼앗긴 결과입니다. 하지만 때로는 그 반대로 '~하면서 공부'도 자기도 놀랄 만큼 공부에 집중할 수 있는 경우도 있습니다. 한꺼번에 두 가지 일을 하면서 집중할 수 있는 경우도 있습니다.

한꺼번에 두 가지 일을 하면서 집중력이 높아지는 것은 무슨 이유일까요? 먼저 한 가지 일에 집중하고 있는 상태를 생각해봅시다. 앞에서 이야기한 바 있지만 음악을 들으면서 공부하는 동안 공부에 열의가 생기면 음악은 더 이상 귀에 들어오지 않습니다. 곡목이 무엇이었는지, 누가 연주했는지 나중에 기억하려해도 잘 기억이 나지 않습니다. 완전히 공부에만 의식이 집중되어 있었기 때문입니다.

보통 사람의 경우에는 두 가지 일을 한꺼번에 하게 되면 자기도 모르는 사이에 어느 한 가지 일에 의식을 집중하게 됩니다. 이런 심리법칙을 이용해서 평소부터 이런 트레이닝을 해놓는 것입니다. 이렇게 되면 사람들이 많이 모여 혼잡하고 와글와글한 곳에서도 공부에 집중할 수 있는 '내성(耐性)' 이 붙습니다.

물론 처음에는 공부는 커녕 반대로 음악이 잘 들릴 수도 있습니다. 그렇다고 낙심할 필요는 없습니다. 자기의 의식 저변에 공부에 집중하겠다는 생각만 하고 있다면 반드시 할 수 있습니다. 두 가지 일을 동시에 하는 것은 집중력을 저해하는 요인에 대한 내성을 길러주는 것이라고 생각하면 됩니다.

Key Point

공부 외 시간은 운동이나 취미 생활에 열심히 활용해 보세요. 거기서 얻은 집중력이 공부와도 연결됩니다.

공부 중의 배경음악은
템포가 느린 곡으로 하라

배경 음악은 그 종류에 따라서 효과가 각각 다릅니다. 단순 육체 노동에는 리듬이 빠른 음악이 작업 능률을 올릴 수 있다는 게 여러 가지 실험 결과 증명되고 있습니다. 이에 반해 정신 작업에는, 빠른 리듬의 음악은 작업의 리듬과 음악의 리듬을 적절하게 조화시키지 못하고 오히려 능률을 떨어뜨린다는 연구 결과가 있습니다.

공부는 고도의 사고력과 집중력이 요구되는 지적 작업이기 때문에 템포가 빠른 팝송이나 정열적이고 소란스러운 라틴 뮤직 같은 것은 오히려 방해가 될 수 있습니다. 공부 중에는 조용하고 템포가 느린 음악을 듣는 것이 좋다는 것은, 사고의 템포와 음악의 템포가 적절하게 조화되기 때문입니다.

음악이 학습 능률에 어떤 영향을 미치는가를 연구한 미국 심리학자들의 연구에 따르면, 단순한 어휘 검사에서는 대중음악과 클래식을 배경 음악으로 사용한 경우가 음악 없이 공부한 때보다 좋은 성적을 낸다는 것이 증명되었습니다.

그런데 독해력 조사에서는 클래식 음악은 거의 방해가 되지 않는데 비해 대중음악은 문장을 이해하는 데 장애가 된다고 합니다. 학자들은 그 이유로서, 멜로디가 클래식보다 단순하고 명백한 대중음악은 이해하기가 쉬워 쉽게 귀를 기울이게 된다는 점을 지적하고 있습니다.

결국, 복잡한 지적 직업에서는 대중음악은 의미를 지닌 음으로서 우리 귀에 쉽게 들어와 집중력과 사고력에 나쁜 영향을 미친다는 것입니다. 배경 음악도 과목의 내용에 따라 끼치는 영향이 다르다는 점에 주의할 필요가 있습니다.

단어장을 손에 들고 몸을 흔들면서 팝송을 듣는 학생들이 많이 있는데 그것이 과연 어떤 효과가 있을지 의심스럽습니다. 공부가 끝난 뒤 좋아하는 음악을 충분히 즐기기 위해서라도 공부는 빠른 시간 내에 능률적으로 마치는 게 최상책입니다. 팝송은 '공부 촉진제'가 되기도 하지만 음악의 효과로서는 그다지 권장할 만한 것이 아닙니다.

심야 FM 방송은 디스크 자키의 말에 정신을 빼앗기기 쉬우므로 피하는 편이 현명할 것입니다. 클래식 음악은 곡의 변화가 적고 템포도 일정해 공부의 능률을 올릴 수 있습니다.

집중력이 떨어진다는 생각이 들면
책을 소리내어 읽어라

초등학교나 중학교 때의 국어 시간을 상기해 봅시다. 교과서를 큰 소리로 읽었던 경험은 누구에게나 있을 것입니다. 소리를 내어 읽으면 신기하게도 졸음이 달아나고 신선한 기분으로 선생님의 수업을 들을 수 있지 않았나 생각해 봅시다.

공부할 때도, 집중력이 산만해진다고 생각되면 소리를 내어 교과서나 참고서를 읽으면 좋습니다. 소리를 냄으로써 두뇌가 자극되고 집중력이 회복됩니다. 또한 귀로도 지식이 습득되기 때문에 기억력이 더욱 명확해집니다. 공부란 책상에 조용히 앉아서 하는 것이라는 '고정관념'을 갖고 있는데 그 이유에 대해서는 아무도 만족스러운 대답을 못할 것입니다. 하지만 옛날 서당에서는 모두가 소리를 내어 책을 읽으면서 공부했습니다.

조용히 공부하는 편이 좋다는 사람을 제외하고, 대부분의 경우에는 잡념에 빠지기 쉽습니다. 1분 1초라도 여유를 부릴 시간은 없습니다.

공부 중에 집중력이 산만해지면 소리 내어 책을 읽어보라고 권합니다.

 명언 한 마디!

• 자신은 할 수 없다고 생각하고 있는 동안은 사실은 그것을 하기 싫다고 다짐하고 있는 것이다. 그러므로 그것은 실행되지 않는 것이다.

- 스피노자

흩어진 마음을 바로잡고 싶으면 운동이나 취미 활동을 하자

31

'*문무 겸비*'(文武兼備) 라는 말은 이제는 거의 듣기 힘든 말이되었지만 실제로 불가능한 것은 아닙니다. 3학년 여름방학 때까지 운동부에 있던 수험생이 그 이후에는 공부에 열중해 놀랄정도로 성적을 향상시켰다는 얘기가 심심찮게 들리고 있습니다. 스포츠는 결코 공부의 적이 아닙니다. 스포츠로 닦은 집중력은 공부에 활용될 수 있습니다. 어느 중학교 교사의 보고에, 지탄의 대상이 되었던 비행 소년을 축구를 통해 선도했다는 예를 본 적이 있습니다. 어느날 그 교사는, 시간이 있는 것 같으니 연습 상대를 해달라며 학생에게 축구공을 건네주었는데 이것을 계기로 그 소년은 축구에 열중하게 되었고 점차 밝은 성격을 회복했다고 합니다.

또 이런 얘기도 있습니다. 어느 꽃꽂이 학원에서 자격증을 취득하고 결혼한 한 여성이 어느날 다시 학원을 찾아왔습니다. 강사가 이유를 물으니, 결혼에 실패해서 괴로워하던 중이었는데 꽃꽂이를 할 때

86

만은 마음이 안정된다는 사실을 발견했다는 것입니다.

　이런 예에서 볼 수 있듯이 스포츠와 취미 활동에는 우리를 불안과 실의에서 회복시켜 줄 수 있는 이상한 힘이 숨어 있습니다. 그 이유는 다음과 같습니다. 일반적으로 스포츠와 취미 활동에는 일정한 규칙이나 관습이 있으며, 목적과 목표가 바로 눈 앞에 있기 때문에 구체적이고 확실합니다. 장래의 출세나 성적의 향상, 신뢰의 획득 같은 추상적인 목표가 아닙니다. 그래서 정신집중이 쉽고 해이 해진 마음을 통일시키기 쉬운 것입니다.

　예를 들어, 양궁에는 표적이 있습니다. 그 표적을 명중시키려면 당연히 한 점에 정신을 집중해야 합니다. 또 유도, 검도 같은 투기나 다른 모든 스포츠 경기에는 눈앞에 구체적인 목표인 적이 있습니다. 꽃꽃이, 서예 등에는 엄격한 예법과 동시에 구체적인 형식의 교본이 있습니다.

　이런 스포츠와 취미 활동으로 얻은 집중력을 공부에 활용하면 어떻겠습니까? 대답은 분명합니다. 책상에 앉아 있기만 하는 수험생 보다 훨씬 높은 집중력을 발휘하고 단기간에 성과를 올릴 수 있습니다. 이런 점을 활용해서, 공부 중간에도 어느 정도의 시간을 철저하게 운동이나 취미 활동에 빠져보는 것도 좋을 것입니다. 거기서 얻은 집중력은 반드시 공부에도 연결될 것이기 때문입니다.

32 식전, 식후에는 공부를 피하라

오늘날 우리나라의 각종 제품들이 Made In Korea 상표를 달고 세계 각국의 시장에서 팔리고 있습니다. 우리 나라의 경제가 이렇게 발전하게 된 원인이 무엇일까에 대해, 많은 외국인들은 한국인의 근면함을 그 이유로 들고 있습니다. 자발적으로 잔업(특근)을 하고 휴일에도 출근을 하며, 점심 식사도 대충대충 때우고 곧바로 일터로 달려가는 자세에 보는 외국인들은 엄청난 '근면'을 느끼게 하는 것입니다.

수험 공부에 있어서도 이런 '근면'은 매우 중요합니다. 단 제가 말하는 근면이란, 단순히 아무 생각 없이 공부만 하는 것이 아니라 효율을 고려한 근면입니다. 그러므로 앞에서 말한 비즈니스맨처럼 식사 후의 휴식 시간도 아까워하는 것은 현명하다고 할 수 없습니다.

대뇌 생리학에서도 말하는 바와 같이 인간의 머리는 식사 직전과 직후에는 활동이 완활하지 못합니다. 식전에는 심리적 에너지가 '먹고 싶다'는 것에 집중된다. 식후에는 전신의 활동 에너지가 소화기 계통에 집중되기 때문에 두뇌의 활동이 저하됩니다. 즉 식전, 식후에는 절대 집중력이 생기지 않는 것입니다. 아무리 시간이 없어도 식사 전후에는 느긋하게 휴식을 취하면서 두뇌를 관리할 필요가 있습니다.

밤참을 먹을 때는
공부방에서 나와라

33

시간을 아까워하는 나머지 마음의 여유를 갖지 못하면 그 이후의 집중력에 상당한 손실이 생깁니다. 휴식과 공부를 엄격히 구분해야만 공부의 강약을 조절할 수 있습니다. 이런 의미에서, 라면 국물이나 사과 얼룩이 참고서에 묻어 있는 학생은 시간의 사용 방법이 서투른 학생이라고 할 수 있습니다. 1초를 아까워할 필요가 있는 것은 오히려 공부 시간이 아니라 휴식 시간입니다.

그러므로 밤참을 먹을 때는 공부방을 나오십시오. 다른 방에서 마음을 새롭게함으로써 집중력도 회복됩니다.

 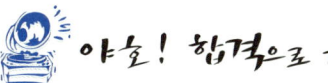 

 암기한 단어의 수를 친구와 경쟁하는 등, 공부에 '게임' 요소를 도입해 본다.

공부에 답답함을 느끼면 평소와는 달리 글이나 문 장을 깨끗하게 옮겨써 본다.

3장
의존심을 방지하는 쇼킹 집중방법

선생님이나 부모님이 도와주리라 기대하는 사람은
집중할 수 없다.
취약 과목은 일정 시간을 정해 습관으로 정착시켜라 등
의존심을 방지할 수 있는 쇼킹 집중방법을 소개한다.

34 누군가 도와주리라 기대하는 사람은 집중할 수 없다

마라톤 중계를 보고 있으면 마라톤이 정말 집중력을 필요로 하는 경기구나 하는 것을 잘 알 수 있습니다. 서로 경쟁하고 있는 집단에서 선수들이 한 명씩 뒤처집니다. 일단 뒤처지기 시작하면 눈깜짝할 사이에 격차가 벌어집니다. 이런 광경을 보고 있으면 한번 집중력을 상실하면 마지막이라는 것을 알 수 있습니다.

마라톤은 자기와의 싸움이라고 합니다. 도와줄 사람은 아무도 없습니다. 오직 자기만을 믿고 끝없이 뛰어야 합니다. 도움을 간절히 바랄 때는 이미 집중력이 떨어졌다는 말입니다. 마라톤의 예에서도 잘 알 수 있듯이, 누군가가 도와줄 것이라고 생각하는 순간 집중력은 사라지고 맙니다. 집중력이란 고독한 자신을 정면으로 대할 때 솟아나오는 에너지입니다.

수험 공부에서도 마찬가지입니다. 선생님이나 부모님이 도와줄 것

94

이라고 기대하는 한 집중력은 불가능합니다. 공부가 되지 않으니 희망한 대학에 합격할 리가 없습니다.

공부가 힘들어져서 도망가고 싶어질 때는 없었습니까? 그러나 현실로부터 도망간다면 이미 끝난 것입니다. 마라톤 레이스에서와 같이 눈 깜짝할 사이에 상대 선수들과의 차이가 벌어지고 맙니다.

아무리 힘이 들어도 공부에서 도망치면 합격은 절대 불가능합니다. 반대로 스스로 무엇인가 해보자는 생각을 가지고 있는 한 이떻게든 집중력을 발휘할 수 있습니다. 분명히 무엇인가 될 수 있는 것입니다.

'배수의 진'이라는 중국의 고사성어를 생각해 봅시다. 한(韓)의 장수 한신(韓信)이 강을 등지고 진을 펼쳐 스스로 퇴로를 막고, 살아나갈 수 있는 길은 적에게 승리하는 것밖에 없다고 부하들의 사기를 고무했을 때 병사들은 전투에 전력을 집중해 결국 승리를 거두었습니다. 인간은 누구나 자신 이외에는 의지할데가 없다는 것을 깨달을 때 엄청난 힘을 발휘할 수 있습니다.

한편, 주위 사람들에 대한 의존심은 잡념을 불러들여 초조를 격화시키는 원인이 될 수도 있습니다. 공부가 생각대로 잘 되지 않을 때 인간은, "내가 이렇게 고생하고 있으니 주변에서 도와주는 것은 당연하다."는 심리에 빠지기 쉽습니다. 이번 장에서는 이런 의존심을 버리고 공부에 집중하는 방법을 소개해 보겠습니다.

흥미없는 과목에 집중하려면
하고 싶은 일부터 철저히 하자

35

집중력은 생각만 한다고 해서 발휘되는 것이 아닙니다. 뭔가 일을 해야만 합니다. 하지만 보통은 그 첫 발을 딛기가 그리 쉽지 않습니다. 꼭 해야 할 공부는 쌓여 있지만 머리속엔 잡념이 생겨 도대체 공부할 기분이 들지 않거나 집중이 안 되는 경우가 많습니다.

이럴 때는 그 공부는 일단 접어두고 무엇인가 하고 싶은 일을 해보는 방법이 있습니다. 좋아하는 책을 읽거나 무엇인가 취미에 열중해 본다든지 해서, 어쨌든 그때 가장 하고 싶다고 생각되는 일, 즉 곧바로 집중할 수 있는 것을, 시작 정도가 아니라 철저하게 해보는 것입니다. 전자 오락이든 테니스든 아무 것이라도 좋습니다. 한 시간 정도 화끈하게 해보십시오.

이렇게 뭔가에 철저하게 집중한 뒤 원래 해야 할 공부로 돌아가 봅시다. 의외로 즐거운 마음으로 공부할 수 있을 것입니다. 원하는 것을 하고 난 후이므로 그만큼 마음의 부담감이 줄어든다는 의미도 있습니다. 하지만 그뿐만이 아니라, 어떤 일에 철저하게 집중하면 그때의 집중력은 다른 대상에도 연결될 수 있다는 점이 더 중요합니다. 이것은 일종의 '도움닫기 효과'이지만 이것이 잘 되었을 때의 효과는 시작 효과보다 훨씬 뛰어납니다.

좋아하는 과목을 철저하게 공부하는 것도 하나의 방법이 될 수 있습니다. 주의가 산만해져 아무리 해도 성적이 오르지 않는 학생은, 전 과목을 다 공부하는 것이 아니라 자신있는 한 과목에 철저하게 집중해서 그 과목에서 우수한 성적을 올리도록 해보십시오. 그것이 '기폭제'가 되어 지금까지 자신없었던 다른 과목까지도 성적이 오를 수 있습니다.

꼭 해야 할 공부의 첫발을 떼기가 어려울 때는 우선적으로 하고 싶은 일, 자신있는 것을 철저하게 함으로써, 그렇게 해서 얻은 집중력을 다른 대상으로 연결시키면, 다음에 할 일이 설령 자신없고 하기 싫은 일이라 해도 집중해서 끝까지 해낼 수 있게 됩니다.

Key Point

자신이 가장 하고 싶은 일을 하고 난 후 집중력을 키워 그대로 공부로 연결하는 것도 좋은 방법이겠죠.

36 자신 없는 과목에 집중하려면 전체를 세분화해서 순서를 정한다

　　'로켓 박사'로서 일본의 우주 개발에 큰 업적을 남긴 이토가와 에이오씨는 대학을 퇴직한 후에도 그 폭넓은 지식으로 여러 방면에서 활약하고 있습니다. 그의 다재 다능함은 언론에서도 자주 거론되고 있는데 그 중에서도 첼로 연주가 특히 유명합니다. 그런데 그의 연습 방법은 일반적인 경우와는 약간 달라서, 한 곡을 마스터하는 경우 먼저 그 곡이 몇 소절로 이루어져 있는가 살펴보는 것부터 시작한다고 합니다.

　　예를 들어, 30소절로 나누어진 곡을 연습할 때는 하루에 한 소절씩 연습해서 한 달 동안에 연습을 마칩니다. 게다가 처음부터 순차적으로 연습하는 것이 아니라, 가령 제일 마지막 소절이라도 가장 쉬운 부분부터 연습한다고 합니다.

　　다음 날은 순서는 엉망이지만 역시 나머지 29소절 중에서 가장 쉬운 것을 골라 연습하는 방식입니다. 이 연습 방법을 쓰면 처음 악보를

봤을 때 어렵게 생각되었던 곡도 훌륭하게 연주할 수 있게 된다고 합니다.

그의 방법은 심리학적으로 보아도 상당한 타당성이 있습니다. 왜냐하면, 대부분의 사람들은 뭔가를 끝까지 성취하려는 의지보다 포기할 구실을 찾는 경향이 강하기 때문에, 곤란하다고 생각되는 대상에는 처음부터 저자세가 되기 쉽습니다. 그의 방법은 우선 스스로 성공의 맛을 느끼는 것에서부터 시작합니다. 성말 현닝한 방법이라고 하지 않을 수 없습니다.

이 방법은 공부에 대한 집중력을 키우려고 할 때 그대로 응용할 수 있습니다. 예를 들어, 너무 어렵다고 느끼는 과목을 두 시간 안에 끝내야 한다고 가정해 봅시다. 순서고 내용이고 볼 것도 없이 무작정 시작하면 도중에 싫증을 느끼고 포기하기가 십상입니다.

이럴 때는 공부의 전체 내용을 5분 내지 10분 단위의 작은 단위로 나누어 우선 가장 쉬운 부분부터 시작해 봅시다. 이렇게 하면 첫발부터 좌절하는 일 없이 확실한 '성공 체험'을 얻을 수 있습니다. 이 체험은 다음 부분에 집중력을 제공하고 결국 어려운 공부도 이런 식으로 정복할 수 있게 됩니다. 이때 최초로 시작하는 부분이 꼭 쉬운 것이 아니라도 상관없습니다. 자기가 가장 흥미를 느끼는 부분이라도 좋습니다.

일본 영화계의 황제라고 불리는 구로사와 아키라(黑澤明) 감독은 전 세계에 이름을 떨치고 있는 명감독입니다. 그는 시나리오를 쓸 때 대부분의 시나리오 작가들처럼 대본을 짜지 않고, 자기가 쓰고 싶은 장면을 단숨에 써내려 간다고 알려져 있습니다. 그리고 똑같은 방법으로 다른 장면을 단번에 쓰고, 그리고는 이렇게 부분적으로 작성된 문장들을 솜씨 좋게 연결하는 것입니다. 수많은 명작들이 이런 방법을 통해 만들어졌습니다.

어떤 공부에나 처음과 끝이 있습니다. 그러나 처음부터 끝까지 전체를 한꺼번에 정복하려고 해서는 오히려 고통만 가중될 뿐입니다. 그러므로 최후의 목표에 이르기까지의 과정을 세분화해 그 중에서 가장 흥미가 있을 만한 부분을 찾아낼 필요가 있습니다.

전체를 보아서는 매력이 없을 것 같은 과목이라도 하나하나의 단면과 목표에 이르기까지 한단계 한단계를 잘 음미해 보면 의외의 재미를 발견할 수 있는 경우가 적지 않습니다. 그 부분을 먼저 공략해서 성공의 체험을 느끼고 집중력을 만끽해 보십시오. 거기서 얻은 집중력으로 나머지 전체를 공략해 가는 것입니다.

좋은 출발을 하려면 공부 시작 전까지는 방에 들어가지 말라

어느 건축가로부터 들은 얘기입니다. 그는 자신의 독자적인 설계실을 갖고 있어서 그곳을 작업장으로 사용하고 있는데, 일을 시작하기 전에는 절대로 그 방 가까이 가지 않는다고 합니다. 점심 시간에도 오후 일을 시작하는 1시까지 정확하게 한 시간 동안은 작업장에 한 발도 들여놓지 않는다고 합니다. 그의 말에 따르면 이렇게 해야만 막상 일을 시작하려 할 때 추진력을 얻을 수 있다는 것입니다.

육상 선수들도 출발 라인에 들어서기 전에는 팔다리를 흔들거나 잔디밭에 드러누워, 출발 신호를 의식하지 않기 위해 노력한다고 합니다. 출발 전까지는 작은 힘을 낭비하지 않고 에너지를 비축하는 것입니다.

이것을 수험 공부의 한 방법으로 참고할 수는 없겠습니까? 정해진 공부 시간 이전부터 방에 들어가 빈둥거리면서 아무 생각없이 공부를 시작하는 것보다는, 시작 시간 직전까지 방에 들어가지 않고 에너지를 축적하는 것이 순조로운 출발을 할 수 있는 방법입니다. "준비, 시작!" 신호와 함께 "지금부터 시작하자."고 분발함으로써 공부에 탄력을 붙이고 처음부터 집중력을 높일 수 있습니다.

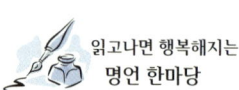
읽고나면 행복해지는
명언 한마당

가장 훌륭한 생활을 선택하라. 습관은 인생을 즐겁게 할 것이다.

-에픽테토스

38 공부를 시작하기 전에 필요한 교재나 문구를 깨끗이 정리해 두라

공부 도중에, "어, 지우개를 어디다 뒀지?" 혹은 "그 참고서는 어디 있더라?" 하며 허둥지둥 책상을 뒤진 경험은 누구에게나 있을 것입니다. 곧 찾으면 문제가 없지만 시간이 걸리면 시간을 낭비하는 것이 됩니다. 그러다가 이보다 더 나쁜 것은 공부의 집중력이 그때마다 중단된다는 것입니다.

공부라는 것은 단지 오래 한다고 좋은 것은 아닙니다. 어느 정도 집중할 수 있는가가 성공과 실패의 관건입니다. 겨우 공부에 흥이 났는데 지우개를 찾으러 허둥대거나 연필을 새로 깎는다거나 해서는, 그때마다 집중력이 약해져 아무리 열심히 공부해도 내용이 머릿속에 들어오지 않습니다.

수험생에게 있어서 시간은 귀중한 것이고, 뭐니뭐니 해도 집중력의 유무가 능률을 크게 좌우합니다. 공부를 시작하기 전에 연필, 지우개, 볼펜, 자 등의 문구와 공책, 교과서, 참고서, 문제집 등은 완벽하게 정리해 둡시다. 이렇게 공부에 임하면 의욕이 솟아오르고 중도에 집중력을 뺏기는 일이 없습니다.

야호! 합격으로 가는 길 8

 도중에 칼이나 지우개를 못 찾아 당황하지 않도록
공부 도구는 사전에 정리해 둔다.

배경 음악은 공부의 템포에 맞지 않는 빠른 리듬은
피하고 클래식을 택한다.

흥미없는 과목을 공부할 때는 '좋아하는 방법'을 개발하라

공부에 대해, 전체적이든 부분적이든 성공의 맛을 보고 흥미를 느낀다는 것은 간단히 말해 즐거운 감정을 체험하는 것입니다. 이 즐거운 체험이야말로 흥미없는 과목을 공부할 때 의욕을 부여하고 집중력을 높이는 '내적 동기 부여'의 중요한 요소입니다.

예전에 텔레비전으로 방송된 수영 경기 중 여자 200m 자유형에서 1위를 차지한 한 선수의 인터뷰를 인상적으로 본 적이 있습니다. 그녀는 인터뷰에서 다음과 같은 말을 했습니다.

"저에게 있어서 수영은 즐거움 이외는 아무것도 아닙니다. 그래서 매일 1만~1만 6천 미터를 수영해도 조금도 힘들지 않습니다. 즐거우니까 수영을 하고, 그 결과 좋은 기록이 나온 것뿐입니다."

저는 그녀의 하루하루의 엄청난 연습량에도 놀랐지만 그 정도로 가혹한 연습마저 그녀의 즐겁다는 체험에 비교하면 작은 것에 지나지 않는다는 게 흥미로웠습니다.

마음이 내키지 않는, 아무리 해도 의욕이 생기지 않는 과목에 부딪칠 때 집중력을 높이기 위해서는 이런 즐거운 체험을 적극적으로 활용하지 않을 수 없습니다.

제가 아는 사람 중에 원고 교정에 프로인 사람이 있습니다. 그는 10년 이상 그 일을 해온 베테랑인데, 교정이라는 일은 집중력과 끈기가 필요한 단조로운 작업입니다. 자주 싫증을 느끼지 않을까 하는 생각이 들어 물어보았는데 의외의 대답을 들었습니다.

그의 말에 따르면, 처음에는 일이 성가시고 끈기가 부족했지만, 그러던 와중에 오자(誤字)를 발견함으로써 일종의 새디스트적인 쾌감을 느끼게 되었다고 합니다. 남의 흠을 찾아내는 데서 즐거움을 느낀 것입니다. 그래서 틀린 곳이 적은 교정쇄일수록 찾아내고 말겠다는 투지가 생겨 집중력을 갖고 읽을 수 있기 때문에 다른 사람들이 빠뜨린 오자를 쉽게 찾아낼 수 있다는 것입니다.

특히 흥미없는 과목을 공부할 때는 "이 문제집을 한 권 마치고 나서 좋아하는 CD를 사겠다."는 식의 즐거움을 만드십시오. 그런 생각을 함으로써 집중의 길이 저절로 열리게 됩니다.

40

싫어하는 과목은 조금씩 집중해서
시간을 차츰 연장해 나가라

어떤 일이건 집중이 안 되는 가장 큰 원인 중의 하나가 의욕상실입니다. 의욕상실의 원인을 심리학적으로 분석해 보면, 일에 대한 거부감, 친밀감의 상실, 나쁜 기억의 연상 등으로 매우 다양합니다. 여기에서는 의욕 상실이나 친밀감 상실이 원인이 되어, 사물에 대한 의욕을 잃는 경우의 집중력을 모으는 방법에 대해 얘기해 보고자 합니다.

친밀감 상실이란, 요컨대 그 일에 익숙해지지 못하고 있다는 것입니다. 즉 어릴 때부터의 환경, 혹은 무턱대고 싫어하는 성격 때문에 접촉해 볼 기회가 없었던 경우를 말합니다. 물론 처음 대하는 경우도 있을 수 있습니다. 보통은 호기심에 의해 그런 거부감을 없앨 수 있지만 상황에 따라서는 그리 간단하게 해결되지 않는 때도 있습니다.

저자가(필자) 중학교 시절에 영어를 죽도록 싫어하는 친구가 있었습니다. 대부분의 학생들은 중학생이 되어 영어 공부를 시작하면 호기심과 신기함에 이끌러 1년 정도는 열심히 공부하는 법인데 그의 경우에는 여름 방학이 지났을 때 이미 의욕을 잃어버렸습니다. 영어 알파벳을 보는 것만으로도 침울해질 정도였습니다. 선생님의 말씀도 들리지 않게 되자 수업에 점점 흥미를 잃어가다 결국에는 수업을 빼먹는 지경에까지 이르고 말았습니다.

그 자신도 걱정이 되어 선생님에게 상담을 신청했습니다. 거기서 그는 다음과 같은 조언을 들었다고 합니다.

"처음 한 달은 하루에 5분간 교과서를 펼치기만 해도 좋다. 읽거나 쓰려고 할 필요도 없다. 다음 한 달은 하루에 10분간 교과서의 문장을 노트에 써라. 그 다음의 한 달은 하루 20분간 교과서를 읽도록 해라. 그동안 수업에 들어오기 싫으면 빠져도 좋다. 그 대신 수업을 듣고 싶을 때는 반드시 출석하도록 해라."

정말이지 파격적인 조치였습니다.

그는 이 방법을 통해 난관을 극복했습니다. 먼저 처음 한 달 동안 하루 5분씩, 이것이 엄청나게 힘들었다고 합니다. 그러나 이 한 달을 보내고 다음 두 달째에 들어서서 일주일 정도 지나자 마음속에서부터 하고자 하는 의욕이 생겨났다고 합니다. 수업에도 빠지지 않게 되고 하루 10분씩의 공부를 2주일 만에 마치고 곧 바로 하루 30분, 한 시간, 이런 식으로 다른 학생들과 마찬가지로 공부할 수가 있게 되었습니다. 결국 그는 졸업할 때 상위 그룹의 뛰어난 성적을 기록했습니다.

그의 경우, 최초의 한달 동안 하루 5분씩 영어 교과서를 본것이 그 이후의 비약의 큰 계기가 되었습니다. 이것은, 5분이라는 짧은 시간이라면 누구나 할 수 있다는 안심이 마음을 편하게 해주었기 때문입니다. 만약 하루 한 시간씩이라고 했다면 그는 결코 계속할 수 없었을 것입니다. '5분으로 족하다'는 가벼운 부담이었기 때문에 그로서도 이 정도라면 나도 할 수 있다는 생각으로 할 수 있었던 것입니다.

인간의 집중력은 그리 오래 지속되지 못합니다. 보통 사람이 제대로 집중할 수 있는 시간은 기껏해야 20~25분 정도에 불과합니다. 게다가 갑자기 20분 동안 어떤 일에 집중하라고 하면 누구나 어려움을 느끼게 됩니다. 5분이라는 짧은 시간이기 때문에 그것이 아무리 익숙하지 않은 일이라도 비교적 간단히 집중할 수 있는 것입니다. 쳐다보기도 싫은 과목은 먼저 하루 5분씩 공부해 보도록 하십시오. 이것을 한 달간 해봅니다. 그후에 조금씩 시간을 연장해 나가면 그 사이에 집중력이 배양될 것입니다.

 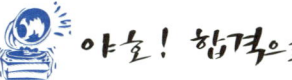 

의자에 앉아 있는 것이 피곤해지면 차라리 누워서
공부해 본다.

오른손으로 펜을 놀릴 때는 왼손과 다리의 힘을 뺀
다.

책상 앞에서 "마음이 차분하다."고 속으로 반복하라

41

미국의 슐츠 박사가 창안한 방법 중에 유명한 자율 훈련법(自律訓練法)이라는게 있습니다. 이것은 복식 호흡, 전신 근육 이완, 자기 암시의 세 가지로 이루어지는 방법인데, 자기의 마음을 스스로 통제하는 것이 그 목적입니다. 이 자율 훈련법에서는 불안을 제거하고 정신을 안정시키는 효과가 중요시되고 있는데, 수험생의 불안과 초조를 제거하는 데도 충분히 응용할 수 있습니다.

예를 들어, 시험이 시작되기 직전에 가볍게 눈을 감고 자신을 향해 "내 마음은 차분하다."고 마음 속으로 천천히 여러 번 반복해 보는 것입니다. 이 경우에는 얼굴과 턱, 목, 어깨, 팔, 다리, 등, 배 등 온몸의 근육을 하나씩 이완시켜 호흡을 편하게 하는 것이 중요합니다.

이런 간단한 방법으로 긴장을 푼 뒤 천천히 눈을 뜨면 심리상태가 완전히 변합니다. 불안이 거짓말처럼 줄어들고 공부에 집중할 수 있는 상태를 회복할 수 있습니다. 꼭 시험 직전뿐만 아니라 집에서 공부할 때도 마찬가지입니다. 가볍게 눈을 감고 "마음이 아주 차분하다."
고 마음속으로 천천히, 그리고 여러번 반복하십시오. 불안이 줄어들
고 공부의 능률이 향상될 것입니다.

Key Point

싫어하는 과목을 하루에 5분씩 공부해 보세요,
한 달 후에는 자신감과 집중력이 배양될 것입니다.

취약 과목은 일정 시간을 정해 '습관' 으로 정착시켜라

인간이라면 누구에게나 도대체 의욕이 생기지 않는 일이 한 두 가지쯤은 있게 마련입니다. 이런 일은 일단 시작을 해도 좀처럼 집중력이 생기지 않습니다. 당연히 그 결과도 만족스럽지 못한것입니다.

이런 경우에는 처음부터 집중해야겠다는 생각을 버리고 먼저 그 일에 대해 흥미를 느낄 수 있도록 해보십시오. 이를 위해서는 내키지 않는 일을 억지로라도 자기의 생활 속에 '습관' 으로 정착시켜 볼 필요가 있습니다.

프랑스의 유명한 철학자이자 시인인 폴 발레리는 매일 새벽에 일어나 그때마다 떠오르는 생각을 노트에 메모하는 일을 십수년간 계속했다고 합니다. 처음에는 어색하고 마음이 내키지 않아 이렇다 할 생각이 떠오르지 않았습니다. 하지만 그 생활을 반복하는 동안 이 작업은 그의 생활 속에서 습관으로 정착해 갔습니다. 그러자 그때까지는 생각조차 못했던 아이디어가 머리에 떠올라 노트의 내용이 충실해져

갔다고 합니다. 그 이후에 그가 이룬 위대한 업적들은 실은 이런 단순한 습관에서 기초된 것이라고 할 수 있겠습니다.

공부에서도 자신없는 과목을 어떻게든 정복하고 싶을 때 이런 방법으로 상당한 효과를 거둘 수 있습니다. 매일 아침 일찍 일어나 공부하는 습관을 정착시키면 적어도 그 과목에 대한 고민, 도망가고 싶은 기분은 적어질 것입니다. 이렇게 되면 문제는 다 해결된 것이나 마찬가지입니다. 집중력을 발휘하기 쉬운 정신 상태는 확보되었다고 할 수 있기 때문입니다.

그래도 아직 부족하다고 생각하는 사람은 이 방법을 그룹으로 실천해 보는 것도 좋습니다. 수학에 자신이 없는 친구 몇 명이 모여서 매일 아침 일찍 학교에 가서 같이 공부해 보십시오. 서로 격려하고, 자칫하면 마음 약해지기 쉬운 자신을 채찍질해 가면서 괴로운 시기를 극복하는 것입니다. 무미건조한 교과서만 상대하는 것이 아니라 친구라는 인간도 상대함으로써 집중력을 훨씬 오래 발휘할 수 있습니다. 아무리 자신없는 과목이라도, 전혀 재미가 나지 않는 일이라도, 그것이 자기의 생활 속에 습관으로 정착되면 비교적 쉽게 집중할 수가 있게 됩니다.

몸으로 감정을 나타내면서
집중력을 증강시켜라

우리는 감정의 변화가 얼굴에 나타나지 않는 사람을 '포커 페이스'라고 합니다. 포커 페이스란 말은 원래 포커를 할 때 상대방이 자신의 수를 읽지 못하도록 감정을 억제한 표정을 짓는 것에서 유래되었습니다. 상대와의 심리적 경쟁의 요소가 강한 포커에서는 상대에게 감정을 간파당해서는 승리를 보장받을 수 없습니다.

"눈은 입보다 더 많은 것을 말해준다."는 말이 있듯이 인간은 본래 내면의 희로애락이 육체의 변화를 통해 얼굴 표정으로 나타나게 되어 있습니다.

자기의 수험 번호를 합격 게시판에서 발견한 수험생이 그 전형이라고 해도 좋을 것입니다. 그 순간 자기도 모르게 펄쩍 뛰어 오르며 기뻐하는 학생들이 많습니다. 으쓱한 기분에 손을 흔들고 자기가 어디로 걷고 있는지도 모릅니다. 하지만 이와 반대로 불합격한 학생은 표정이 어둡고 금방이라도 울어 버릴 것 같은 침통한 모습을 보입니다. 머리를 감싸안거나 고개를 푹 숙인채, 또 마치 발에 족쇄를 찬 듯이 힘없이 발표장을 떠납니다.

이처럼 기쁘거나 슬프거나 하는 감정이 크면 클수록 육체는 내면의 심리에 민감하게 반응합니다. 마음과 몸의 이런 긴밀한 연결을 이용함으로써 집중력은 높이는 행동 패턴을 의식적으로 창출해 낼 수 있습니다.

사람의 심리와 육체에 상관성이 있기 때문에, 육체에 어떤 자극을 가함으로써 심리를 미묘하게 조절할 수 있다는 심리학 보고서를 읽은 적이 있습니다. 육체는 마음에 따라 좌우될 뿐만 아니라 마음도 육체에 따라 좌우됩니다. 육체를 잘 통제함으로써 집중력을 높일 수 있습니다.

이 원리를 활용해서 몸의 움직임을 통해 심리를 통제하는 습관을 익히면, 걱정스러운 일이 있어서 공부가 손에 잡히지 않을 때나 시험장에서 긴장할 때도 감정에 좌우되지 않고 문제에 열중하는 집중력을 잃지 않을 수 있습니다.

몸의 움직임을 통해 감정을 조절하는 일련의 방법을 몸에 익히기 위해서는 평소부터 그런 행동을 자연스럽게 반복하는 것이 중요합니다. 머릿속으로, "이렇게 되면 이렇게 해야지."라고 생각하는 것만으로는 유사시에 의도한 대로의 행동이 잘 나오지 않습니다. 미리 규칙을 확실히 몸에 익혀둠으로써 아무 때라도 집중력을 높일 수 있도록 해야 합니다.

예를 들어, 여자 친구와의 데이트 뒤에 흥분해서 마음이 가라앉지 않을 때는 느긋하게 앉아 차를 마십시오. 시험 점수가 나빠질 때는 큰 소리로 노래를 부른다거나 소리를 질러보십시오. 제가 아는 장기(將棋)의 한 명인은, 상대가 악수(惡手)를 두면 상대에게 양해를 구하고 화장실에 가서 흥분을 가라앉힙니다. 이것은 너무 기쁜 나머지 자기도 상대와 같은 실수를 범할 위험을 방지하기 위해서입니다.

이렇게 육체의 행동 패턴을 평소부터 몸에 익힘으로써 항상 같은 마음으로 공부에 전념할 수 있습니다.

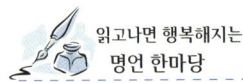
읽고나면 행복해지는
명언 한마당

약속을 잘 하는 사람은 보다 성실한 실천인이다.

-루소

잡념만 떠오를 때는 머리속에 떠오르는 이미지를 메모해 두라

우리는 항상 머리속에 여러 가지 생각을 하고 있습니다. 이런저런 잡념, 상상, 이미지 등이 동시에 계속 떠올라 사라지지 않습니다. 이런 잡념들은 공부 중에도 불청객처럼 찾아옵니다. 이럴 때는 참고서를 봐도 문제집을 봐도 마음이 혼란해져 어떤 것에도 몰두할 수 없게 됩니다.

아무리 해도 집중이 안 되고 마음에 걸리는게 많아서 아무것도 할수 없는 것은, 당장 해야 할 공부와는 관계없는 이런저런 연상이나 이미지, 결국 잡념이 집중력을 방해하고 있기 때문입니다. 이럴 때는 그것을 방해하고 있는 잡념의 종류와 내용, 근원을 확실히 파악하지 않으면 아무리 책상에 앉아서 책을 들여다보아도 소용이 없습니다.

저는 이런 경우, 머릿속에 떠오르는 이런저런 이미지를 먼저 종이에 메모하는 방법을 쓰고 있습니다. 글로 적어 여러 번 반복해서 읽어보면, 지금 어떤 일에 주의를 뺏기고 있는지, 내 잡념은 어떤 방법으로 나타나는지 하는 것들이 확실해집니다. 이렇게 되면 잡념을 어떻게 제거하고, 지금 해야 할 공부에 어떻게 집중할 수 있을 것인지를 알 수 있게 됩니다.

잡념이 떠올라서 머리를 채우고 있는 상태를 그대로 방치하면 어떻게 되겠습니까? 머릿속에는 끝없는 이미지가 날뛰고 마치 장난감통을 뒤집어 놓은 것 같은 상태가 됩니다. 이런 상태에서는 아무리 책상에 앉아 자세를 바로하고 공부를 하려 해도 전혀 될리가 없습니다. 전혀 수습할 수 없는 상태가 되고 마는 것입니다.

메모는 보통 도움이 될 만한 아이디어나 꼭 기억해 두어야 할 것을 기록하는 것이라고 생각하는 사람이 많습니다. 그러나 메모의 효용은 그 뿐만이 아닙니다. 일견 별 쓸모없이 보이는 잡념을 기록해 보는 것도 집중력을 높이는 데 매우 큰 의미가 있기 때문입니다.

Key Point

잡념이 끊임없이 들 때는 그것을 메모지에 기록해 보세요. 잡념이 생기게 된 원인도 알 수 있고 집중력에도 도움이 됩니다.

자신만의 독자적인 장소, 때, 자세 등의 '집중 패턴'을 개발하라

항상 집중해서 공부할 수 있는 상태를 만드는 데는 환경이 큰 영향을 끼치는데, 환경 요인 중에서 특히 신경써야 할 것이 공부하는 '장소'의 선택입니다.

작가들 중에는 집필을 할 때 자기만의 '장소'를 고집하는 사람들이 많습니다. 고(故) 애도가와 란포는 창고에서, 모리무라 세이이치는 '가족과 떨어진 아파트'에서 글을 썼다고 합니다.

물론 그렇다고 해서 이 두 사람을 흉내내어, 창고나 가족과 떨어진 장소라면 누구나 일에 집중할 수 있다는 뜻은 아닙니다. 이 두 사람의 예에서 집중력을 발휘하기 위한 장소 선택법으로서 참고해야 할 것은, 한 장소, 자기가 집중하기 쉬운 장소를 만들어 그곳에서 공부하는 습관을 들이라는 것입니다.

공부방이 아니라 거실이나 욕실도 좋고 도서관도 좋습니다. 어쨌든 한 번이라도 마음이 집중되고 공부가 잘 되었던 경험이 있는 장소

121

를 기억해 보십시오. 그래서 "나에게는 여기가 좋다, 여기에 있을 때 집중력이 가장 높아진다."는 장소를 한 군데 정하는 것입니다. 이렇게 되면 그 장소에 있는 것만으로도 조건반사적으로 집중력을 높일 수 있게 됩니다.

사람들은 무엇인가에 집중함에 있어서 자기도 느끼지 못하는 '스타일'을 갖고 있는 경우가 많습니다. 링컨 대통령은 꼭 발을 책상 위에 걸치고서 책을 읽었다고 합니다. 어떤 것이라도 자기 나름대로의 스타일을 갖고 있는 사람은 어려울 때 집중력을 발휘하기 쉬운 것입니다.

집에서 공부할 때는
1층보다 2층에 공부방을 마련하라

46

1층, 2층 모두에서 공부해 본 경험이 있는 사람이라면 대강 짐작하고 있겠지만 보통 2층이 1층보다 집중에 더 유리합니다.

생각해 보면 지당한 일입니다. 1층은 집안의 생활 공간이기 때문에 부엌, 욕실, 세탁기, 화실의 소음과 식구들이 돌아다니는 소리가 들리게 마련입니다. 게다가 현관으로 사람들이 출입하는 소리, 창으로 보이는 자동차와 사람들의 모습 등, 주의력을 흐트러뜨리는 요인이 많습니다.

이에 비해 2층은 이런 것들에 거의 영향을 받지 않을 뿐만 아니라 창으로는 먼 경치가 보여 피로한 눈을 휴식하기에 안성맞춤인 곳입니다.

 **실제 시험에서 힘을 내기 위해 '자기만의 장소'에 구애되지 말라**

　　*언제나 집중력*을 발휘할 수 있는 '자기만의 장소'를 갖는 것은 집중력을 높이는 훈련으로서는 아주 유효한 수단입니다. 그러나 이때 주의해야 할 것이 있습니다. '자기만의 장소'가 아닌 곳에서는 집중하지 못하는 것이 그것입니다.

　　일반 회사에서는 서류나 보고서를 집으로 들고 가서 마무리해야 하는 경우가 종종 있습니다. 시간이 부족해서 어쩔 수 없이 그래야 하는 경우도 있지만 개중에는 집으로 갖고 가야만 일을 잘 처리하는 타입도 있습니다.

　　제 경험으로도 이렇게 남이 안 보이는 데서 공부하는 타입의 학생이 많습니다. 그날 중으로 꼭 숙제를 제출하라고 하면 집으로 갖고 가서 다음날 아침 일찍 내도 되느냐는 것입니다. 마지못해 승낙하면 정말 훌륭한 숙제를 제출했습니다. 이런 학생에게 똑같은 일을 학교에서 다 하도록 시키면 정말 같은 학생이 한 것인가 의문이 들 정도로 형편없는 결과밖에 내지 못합니다.

이래 가지고서야 본말 전도(本末顚倒)라고 하지 않을수 없습니다. 주위 환경을 깨끗이 정돈하는 것은 항상 '집중' 이라는 정신 상태를 유지하기 위한 것이지 '어느 특정한 장소에서만의 집중' 을 위한 것은 아닙니다.

집에서 공부할 때는 그래도 괜찮겠지만 실제 시험장에서 집중할 수가 없게 됩니다. 먼저 '자기만의 장소' 에서 집중력 드레이닝을 통해 집중의 요령을 익힌 후에는 다른 장소에서도 그 방법을 실험해 보십시오.

우주 공학자로서 유명한 이토가와 에이오 박사는 대학 입시를 준비할 때 자기 공부방을 거의 사용하지 않았다고 합니다. 형제가 많았던 그가 공부방을 갖게 된 것은 대학 입시 직전이었다고 합니다. 그래서 '자기만의 장소' 에 대한 애착심이 그리 강하지 않았을 것입니다. 그러면 그는 어디서 공부했을까요? 그는 전철 안, 욕실 안, 화장실 안 등에서 공부했다고 합니다. 요컨대 그는 '언제, 어디라도 상관하지 않고' 그곳을 자기만의 공부방이라고 여길 수 있었던 것입니다. 그는 아마 입시 당일의 시험장에서도 평소와 같은 집중력으로 마음먹은 대로 실력을 발휘할 수 있었음에 틀림없습니다.

언제까지나 '자기 방' , '자기만의 장소' 에 구애되어서는 가장 중요한 마지막 순간에 실력을 발휘할 수 없습니다. 우선은 집중이 잘 되는 장소를 여러 군데 마련해 놓고 그곳을 '자기 방' ,

'자기만의 장소'로 만든 다음 집중에 방해가 되는 마이너스 요인을 줄여나가는 요령을 터득해야 합니다. 이것이 가능해지면 다음에는 모든 장소를 '자기 방', '자기만의 장소'로 만들어 가는 훈련을 하는 것입니다.

• 자기 전에 하는 발운동

잠자리에 들면 우선 발을 쭉 뻗치고 발목을 중심으로 마치 원을 그리듯이 밖으로 3번, 안으로 3번 돌리는 발끝 운동을 반복한다.

그러면 발은 물론 온몸까지 따뜻해지고 '아 운동을 했구나!' 하는 생각이 들어서 이상할 정도로 잠이 잘 오게 된다.

126

야호! 합격으로 가는 길 10

 공부 중간의 휴식은 공부방 밖에서 한다.

 휴식 시간의 전반부에는 공부에 관한 일은 완전히 잊는다.

48 책상의 조명은 너무 밝게 하지 말라

조명은 너무 어두워도, 너무 밝아도 집중력을 높이는데 방해가 됩니다. 하지만 그 심리적 메커니즘은 조금 다릅니다.

일반적으로, 너무 밝은 조명은 주의력을 확산시킨다고 알려져 있습니다. 이것은 낮과 밤의 행동을 떠올리면 쉽게 이해할 수 있을 것입니다. 대낮에 햇빛이 쨍쨍 내리쬐는 곳에서 책을 읽는 것은 무리입니다.

사람은 빛이 눈부실 정도로 밝을 때는 한 가지 일에 집중하기가 힘듭니다. 빛이 강하기 때문에 눈이 피로해지고, 주위의 모든 사물이 또렷이 보이기 때문에 쉽게 주의가 산만해지기 때문입니다.

보통 독서나 공부에는 40~300룩스의 조명이 적당합니다. 단, 사람마다 조금씩의 차이가 있기 때문에 이 범위 내에서 약간의 개인적 편차는 있습니다. '너무 밝다', '너무 어둡다'는 것은 절대적인 기준이 있는 게 아니라 어디까지나 개개인의 감각에 따라 다릅니다.

그렇기 때문에 비교적 낮은 조명이 적당하다고 느끼는 사람은 형

광등을 휘황찬란하게 밝히는 사무실이나 연구소 같은 곳에 가면 조명이 너무 밝아서 일에 집중할 수 없는 경우가 있을 수 있습니다. 그런 사람에게 있어서 너무 밝은 조명은 대낮의 태양 광선과 마찬가지인 것입니다.

지나치게 밝은 빛이 어떻게 집중력을 해치는가는 밤을 새운 경험이 있는 사람이면 누구나 쉽게 알 수 있습니다. 저녁부터 독서나 공부를 시작해, 처음부터 밤을 새울 생각은 아니었지만 갑자기 재미가 붙어 책에 몰두하다가 어느새 새벽이 되어 버렸다. 이런 경험은 누구에게나 있을 것입니다.

피곤하긴 하지만 무엇인가에 착실히 집중할 수 있었다는 자기 만족 때문에 아직 의욕이 넘칩니다. 점심 때까지 계속해 볼까하는 생각도 해봅니다. 하지만 눈부신 아침 햇살이 방안을 비추기 시작하면서 왠지 불안해집니다. 집중의 장소였던 방이 갑자기 어수선하게 느껴지고 갖가지 일이 마음에 걸리기 시작합니다. 묘하게도 기가 꺾여 공부를 계속할 수 없게 됩니다.

이처럼 지나치게 밝은 빛은 집중을 방해합니다. 좋고 싫은 것을 떠나 단순하게 물리적 자극으로 생각하는 경우, '시각적 잡음' 이라고도 할 수 있는 대낮 같은 밝음보다는, 너무 어두워서 지장을 초래하지 않는 한밤의 적당한 어두움이 공부에는 더 적당하다고 할 수 있습니다.

책상 위의 물건들을 정확하게 보기 위해 필요 이상으로 조명을 밝게 하는 사람들도 있는데 오히려 역효과를 초래한다는 것을 명심하십시오.

• 아첨하는 말은 고양이와 같이 남을 핥는다. 그러나 언젠가 할퀴게 마련이다.
　　　　　　　　　　　　　　　　　　　　　　　　　　　　　　　- 유태 격언

공부 도중 세번 이상 잡념이 생기면 과목을 바꾸거나 쉬어라

공부 도중 공부와는 전혀 관계없는 일을 생각하고 있는 자신을 발견하는 때가 있습니다. "이래서는 안 되는데!" 하고 생각하면서 다시 공부로 되돌아가지만 그때뿐 두 번, 세 번 계속 잡념에 사로잡힙니다. 그래서 저는, 공부 도중에 세 번 이상 이런 잡념이 생기면 그 공부를 중지하고 다른 과목으로 바꾼다거나 그렇지 않으면 휴식을 취하라고 권합니다.

세 번씩이나 잡념에 사로잡힌다는 것은 요컨대 집중력이 결여되어 있다는 것을 의미합니다. 집중력이 부족할 때는 무리해서 공부한다 해도 결코 자기 것이 되지 않습니다. 이럴 때는 과감히 휴식을 취하는 게 좋습니다.

4장
압박을 역전시키는 쇼킹 집중방법

책상에 앉기가 싫어지면 누운 자세로 공부해 보라.
휴식 시간 전반부에는 공부에 관한 것은
완전히 잊어버리라 등
압박감에 시달리는 수험생들을 위한 집중방법을 소개한다.

공부를 시작하기 전에 의식을
행하고 기분을 고조시켜라

지금 하고 있는 공부 방법이 괜찮은 것일까? 아직 실력이 많이 부족한 건 아닐까? 수험생이라면 크건 작건 이런 압박에 시달리게 마련입니다. 이런 '압박' 이 공부에 분발을 촉진하는 요인이 된다면 관계없지만, 도가 지나쳐 초조를 일으키고 집중력을 흐트러뜨리게 되면 문제가 생깁니다. 그럼 압박과 불안을 떨쳐 버리고 공부에 집중하기 위해서는 어떻게 해야 좋겠습니까?

옛날부터 잠이 잘 오지 않을 때는 양을 1천 마리까지 헤아리는 게 도움이 된다는 말이 있습니다. 자기 전에 술을 한 잔 함으로써 쉽게 잠을 청하는 사람도 있습니다. 심리학에서는 이러한 잠자기 전의 일련의 행동을 '취면 의식(就眠儀式)' 이라고 합니다.

이 취면 의식을 행함으로써 사람의 마음을 잠에 집중시킨다는 것인데, 이 원리는 잠을 청할 때 뿐만 아니라 뭔가에 마음을 집중하려 할 때도 크게 도움이 되 수 있습니다. 공부에 집중하고 싶을 때도, 마

134

음의 준비를 한다는 의미에서 이런 '의식'은 의외로 큰 효과를 발휘합니다. 내용은 어떤 것이라도 상관없습니다. 공부를 시작하기 전에, 취면 의식을 가져보는 것입니다. 팔굽혀펴기를 30회 정도 해도 좋고, 큰 소리를 지르는 것도 좋은 방법입니다. 영어 단어 30개를 소리를 내면서 암기한다는 수험생도 있습니다.

공부를 시작하기 전에 이런 취면 의식을 행하는 습관을 익히면 심리적 압박을 손쉽게 극복하고 난번에 공부에 집중할 수 있게 됩니다. 이 장에서는 압박을 역전시켜 의욕을 북돋워 주는 집중방법을 소개해 보겠습니다.

51 오른손으로 펜을 잡고 있을 때는 왼손과 다리의 힘을 빼라

공부하는 중 주의력을 유지하기 위해서는 어느 정도의 긴장감이 필요하지만, 불안과 압박감을 두려워해 몸에 지나치게 힘을 주는 것은 긴장과 이완의 적절한 조절이 중요합니다. 이 이완의 원리를 생리학적으로 설명하자면, 손, 발, 목 등 수의근(隨意筋)의 긴장을 푸는 것을 의미합니다. 물론 몸을 완전히 쉬게 하거나 잠을 자는 것도 이완의 방법이지만 공부 도중에도 몸의 긴장을 이완시키는 것이 가능합니다.

예를 들어, 책상에 앉아 글을 쓸 때, 활동하고 있는 주요 근육은 글을 쓰고 있는 근육이기 때문에 다른 부분은 긴장을 푸십시오. 미국 영화에는, 다리를 책상 위에 걸치고 일을 하는 비즈니스맨들이 자주 등장합니다. 이것은 필요한 근육 이외에는 휴식을 취하게 함으로써 정신을 집중시키고 불필요한 피로를 줄이는 극히 효과적인 자세라고 할 수 있습니다.

136

 책상에 앉으면 먼저 눈을 감고 주위의 소리에 조용히 귀를 기울인다.

 공부를 시작하기 전에 잠시 좋아하는 책을 읽어본다.

52 조용한 곳에서 집중하기가 어려울 때는 조금 시끄러운 장소로 옮겨보라

저는 전철 안에서 원고를 쓰는 일이 자주 있습니다. 집에서 책상에 앉아 글을 쓸 때보다 이 편이 집중이 잘 되고 글이 부드럽게 나오기 때문입니다. 이런 얘기를 하면, 사람들로 붐비는 전철안은 너무 시끄럽지 않느냐고 질문하는 사람이 있습니다.

하지만 잘 생각해 보면 그렇지 않습니다. 전철은 오히려 고독을 느끼는 장소입니다. 옆에 있는 사람들이 나와는 아무 관계도 없는 사람들이기 때문에 이런 곳에서는 누구라도 마음을 열기보다는 닫으려 합니다.

소위 '군중 속의 고독'이라고 할 수 있는 것입니다.

보통 우리가 어떤 일을 할 때는 넓은 공간(전철)보다 좁은 공간(집)이 집중하기에 용이하다고 생각하지만 그것은 '물리적 공간'의 대소를 비교했을 때의 얘기입니다.

'심리적 공간'은 집보다 전철 안이 단연 더 좁습니다. 이 점이 집중력을 끌어내는 요인이 되는 것입니다.

　조용한 공부방에서 최종 정리에 힘써야
할 때 마음먹은 대로 공부에 집중이 안 될
경우에는 좀 시끄럽기는 해도 '심리적 공
간'이 좁은 장소, 예를 들면 지하철 안이나
역 대합실 같은 곳에 나가보는 것도 좋은 방
법입니다. 거기서 책을 읽어보십시오. 의외
로 기대 이상의 집중력을 얻을 수 있습니다.

책상에 앉기가 싫어지면
누운 자세로 공부해 보라

예전에 미국 캘리포니아 주립대학의 버클리 캠퍼스를 방문했을 때 크게 놀란 것이 하나 있습니다. 학생들이 마루에 주저앉거나 드러누운 채 강의를 듣고 있는 것이었습니다. 그들에게 물어보니 가장 편안한 자세로 듣지 않으면 강의 내용이 머릿속에 들어오지 않는다는 것이었습니다. 책상 앞에 정좌한 채 공부하는 우리나라의 수업 스타일이 몸에 익은 저에게는 신선한 충격이었습니다. 이런 합리성은 대학의 설비에서도 찾아볼 수 있었는데, 예를 들어 도서관에는 발을 걸칠 수 있는 발걸이까지 설치되어 있어 공부의 능률을 저하시키지 않으려는 세심한 배려가 돋보였습니다.

케네디 대통령은 재임 시절 백악관 집무실에서 안락 의자를 사용했다는 독특한 일화를 갖고 있습니다. 그것은 케네기 가에 대대로 전해 내려오던 유물이었는데, 그것을 사용하게 된 계기는 의사의 지시에 의한 것이었다고 합니다. 한 연구자는 안락의자에 앉아 몸을 흔들면 운동이 되고 피의 순환이 좋아지며 근육의 활동도 활발해지고 관절도 부드러워진다는 연구 결과를 발표하기도 했습니다. 그 이유는 안락 의자에 앉아 몸을 자유롭게 움직임으로써 머리가 자유롭게 되기 때문이라고 합니다.

방안에 드러누워 공부를 하고 있으면 책상에 앉아라, 자세를 바로 하라는 꾸중을 듣기 십상입니다. 그러나 저는 내용과 효과보다 겉모습에 치중하는 우리 식보나는 능률을 가장 중요시하는 '미국식 집중 방법' 을 택하는 편이 좋다고 생각합니다.

자기가 편하게 느끼는 자세로 공부하는 것이 피로를 덜어주고 정신을 집중시키는 가장 좋은 방법인 것입니다.

Key Point

자신의 가장 편한 자세로 공부를 해보세요.
피로도 덜어주고 집중력도 좋아지게 됩니다.

54

20분 공부한 뒤에는
반드시 휴식을 취하라

　　여러분은 하루에 세 시간을 공부한다고 할 때 그 세 시간을 어떻게 보내고 있습니까? 만약 세 시간 동안 방에 꼭 틀어박혀 있는 타입이라면 그 열성은 인정할 수 있지만, 노력에 비해 얻는 것이 부족한 공부방법이라고 하지 않을 수 없습니다.

　　인간이 긴장한 상태로 가장 오랫동안 집중할 수 있는 시간은 기껏해야 20~25분 정도에 지나지 않습니다. 그래서 미국의 유명한 능률 연구가들은 하루 25분 독서법을 권하고 있을 정도입니다. 극도의 집중력을 유지하기 위해서는 한 시간에 두 번, 20~25분간 집중한 후 휴식을 취하는 리듬을 반복하는 것이 가장 이치에 맞는 방법입니다.

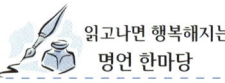

읽고나면 행복해지는
명언 한마당

자기가 어느 항구로 가고 있는지 모를 때에는 어떤 바람도 순풍이 되지 못한다.

-세네카

142

55 휴식 시간 전반부에는 공부에 관한 것은 완전히 잊어버려라

"이제 슬슬 좀 쉬어볼까?" 하고 말을 하면서도 미련을 버리지 못하고 책을 한 번 훑어보아야만 직성이 풀리는 학생들이 있습니다. 이런 휴식 방법은 집중력에 있어서 가장 경계해야 할 나쁜 방법입니다.

피로의 회복은 휴식 초기에 가장 효과가 크고 시간이 지날수록 감퇴된다는 사실이 잘 알려져 있기 때문입니다. 그래서 저는 쉬어야 되겠다고 생각하면 모든 것을 때려치우고 미련없이 휴식을 취합니다. 공부의 찌꺼기를 휴식 시간에까지 끌고 들어오면 중요한 휴식 시간의 전반부를 전혀 활용할 수 없습니다.

휴식 시간이 그리 길지 않더라도 책을 손에서 놓은 순간부터 모든 것을 잊어버리고 마음을 편하게 가지면, 짧은 시간 동안에도 충분히 머리를 식힐 수 있다는 것을 알게 될 것입니다.

143

마음에 걸리는 일은
공부 도중이라도 처리해 버려라

아무리 장기적인 공부 계획을 세웠더라도 눈 앞의 일이 마음에 걸리는 경우가 얼마든지 있을 수 있습니다. 월별 계획에 따라 해야 할 공부보다 내일 제출해야 할 숙제가 더 걱정될 수도 있고, 친구의 편지에 대한 답장, 치과 치료 등 공부와는 아무 관계도 없는 잡념이 마음 한 구석에서 떠나지 않는 경우도 있을 것입니다. 이럴 때 큰 목표를 중시하는 나머지 눈앞의 일을 해결하지 않고 방치하는 것은 심리적으로 상당한 마이너스를 초래할 수 있습니다.

미국 펜실베이니아 대학 의대 교수인 스토크 박사는, '무엇인가를 해야 한다는 관념 또는 의무감, 해야 할 일에 대한 끝없는 긴장'을 노이로제에 연결되는 중요한 정신 상태의 하나로 들고 있습니다. 그러니 이런 상태에서는 아무리 잡념을 떨쳐 버리려 해도 공부의 능률을 올리기는 어렵습니다. 그런데 능률을 떨어뜨리는 원인이 이런 눈앞의 걱정에 있다는 것을 모르는 사람이 의외로 많습니다.

144

눈앞의 일에 사로잡히는 것은 흔한 일입니다. 이럴 때는 그것이 마음에 걸리는 이상 그 자리에서 처리해 버리는 것이 긴 안목에서 볼 때 바람직합니다.

미국의 한 정신 의학자는 환자에게 눈앞의 걱정거리를 처리하도록 함으로써 노이로제를 치료했다는 보고를 하고 있습니다. 이것은 눈앞의 일이 마음에 걸리면 철저하게 해결해 버리는 것이 더 좋을 때도 있다는 것을 보여주는 좋은 예라고 하겠습니다.

Key Point

정해놓은 시간 안에 공부를 마치겠다는 목표를 세워 실천해 보세요.
긴장감이 높아지고 집중력 향상에도 큰 도움이 됩니다.

공부를 시작할 때는 자명종으로 '마감 시간'을 맞추어 놓아라

'*마감 효과*'라는 것이 있습니다. 마감 직전이 되면 집중력이 높아진다는 것인데, 공부에 이 원리를 적용하는 것이 큰 효과를 거둘 때가 있습니다. 예를 들어, 밤 8시에 공부를 시작해서 한 시간 만에 끝내기로 한다는 목표를 세운다고 합시다. 그리고는 공부를 시작할 때 자명종을 9시에 맞추어 놓습니다.

이때 자명종을 눈에 보이지 않는 곳에 숨기도록 합시다. 공부를 시작한 직후에는 어느 정도의 시간 감각이 있지만 시간이 지남에 따라 언제 종이 울릴까 하는 생각에 보이지 않는 시계와 경쟁을 하게 됩니다. 따라서 쫓긴다는 기분이 집중력을 크게 높여주는 원동력이 되고 공부에 빠져들 수 있게 됩니다.

시계가 눈에 보이는 곳에 있으면 시계에 시선을 빼앗겨 주의가 산만해질 위험성이 있습니다. 역시 시계를 시계를 숨기는 편이 긴장감을 높이고 큰 효과를 기대할 수 있습니다.

이런 것은 텔레비전에서 시한 폭탄을 주제로 한 영화를 보았을 때를 떠올리면 쉽게 상상할 수 있습니다. 앞으로 30분이면 시한폭탄이 터진다. 그런데 아직 그것이 어디에 숨겨져 있는지 모른다. 필사적으로 폭탄을 찾는 주인공, 그러나 아직 발견하지 못했다. 시간은 매정하게 흘러간다……. 시청자들은 손에 땀을 쥐고 주인공과 일체가 됩니다. 이럴 때 '째깍 째깍' 히는 효과음이 더해지면 긴장감이 더욱 높아지고 시청자들의 관심이 집중됩니다.

앞으로 5분, 3분, 1분……, 드디어 발견했습니다.

통속적인 내용이지만 여전히 이런 종류의 영화가 방영되고 있는 것을 보더라도 인간의 심리에는, 시간과의 격투 속에서 긴장감이 강해지고 어떤 일에 빠져드는 경향이 있는 것을 알 수 있습니다. 이런 점을 공부에 도입하면 집중력을 높일 수 있을 것입니다.

물론 매시간 이런 방법을 쓰다가는 머리를 식힐 여유조차 없어져버려서 쉽게 피로해집니다. 하루에 한 번이라도 좋습니다. 이런 방법을 도입해 보는 것도 효과적일 것입니다.

잠자리에 들기 전에 사람들에게
몇 시에 일어나겠다고 선언하라

평소에는 아무리 잠꾸러기인 사람도 내일이 입시일이라면 마음 편히 잘 수 없을 뿐만 아니라 아침에는 적어도 자명종이 울리기 전에 눈을 뜰 것입니다. 쉽게 잠을 잘 수 없거나 예정보다 일찍 눈을 뜨게 되는 것은, 모두 마음이 평소 때보다 긴장되어 있기 때문입니다. 이것과는 별도로 인간의 몸에는 누구에게나 '바이오클록(bioclock)' 이라는 것이 내장되어 있어서 매일 아침 일정한 시간이 되면 자연히 눈을 뜹니다.

물론 이 바이오클록은 기계적인 시계는 아닙니다. 말하자면 시간 감각과 같은 것인데, 손목 시계를 차고 있지 않아도 집에서 나와 몇 분 정도가 흘렀는지, 앞으로 한 시간만 있으면 친구와의 약속 시간이 된다든지 하는 것을 알 수 있는 기능을 말합니다. 사람에 따라 이 기능에는 상당한 차이가 있어서, 이 기능이 매우 예민한 사람이 있는가 하면 둔한 사람도 있습니다. 예민한 사람은 "앞으로 30분만 자자." 고 마음먹으면 거의 30분만에 눈을 뜰 수 있는 능력이 있습니다.

하지만 보통 사람은 그 정도로 정밀한 바이오클록을 갖고 있지는 못합니다. 잘 해도 한 시간 정도의 오차는 있게 마련입니다. 그것도 그때그때의 육체적, 정신적 컨디션에 상당한 영향을 받는 경우가 많습니다. 항상 마음먹은 대로 자기 몸을 컨트롤하는 것은 상당히 힘든 일입니다.

하지만 이것도 훈련을 통해 상당한 정확성을 기할 수 있습니다. 매일 밤 자기 전에, "내일 아침에는 몇 시에 일어나겠다."고 가족들에게 선언하는 것입니다. 자명종은 사용하지 않습니다. 물론 스스로 반드시 일어난다고 마음속으로 다짐해야 합니다. 일종의 자기암시라고 할 수 있겠습니다. 다른 사람에게 자기의 마음을 공언하고 스스로 족쇄를 채워 긴장도를 높임으로써, 처음에는 무리가 따르게지만 서서히 목표 시간에 접근할 수 있게 됩니다.

이 훈련에서 중요한 것은 다른 사람에게 자기 계획을 선언하는 것입니다. 저는 이것을 '선언 효과'라고 부릅니다. 만약 혼자서 하숙을 하고 있는 경우에는 친구에게 전날 밤 전화를 걸어 두는 것도 좋을 것입니다. 의미는 마찬가지입니다. 그리고 가령 그 시간에 일어나지 못하고 학교에 지각할 것 같은 걱정이 들면 깨워달라고 전화를 걸어두는 것도 좋습니다. 이렇게 바이오클록의 '정밀화'가 계획대로 잘 이루어지면, 하고자 하는 일에 대한 집중력이 급격히 향상됩니다. 그 중에서도 무엇보다 "앞으로 10분밖에 공부할 시간이 없다."는 종류의 감을 몸으로 느낄 수 있기 때문에 순식간에 힘을 발휘할 수 있게 됩니다. 평소부터 자기 생활 속에 이런 훈련을 도입해 보면 어떻겠습니까?

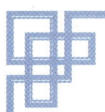 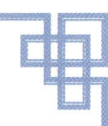

야호! 합격으로 가는 길 12

 공부를 시작하기 전에
차를 한 잔 마신다.

 취약 과목은 매일 정해진 시간에 공부한다.

'속독, 암기, 연상'을 단시간에 하는 습관을 붙여라

59

우리는 '흥분'이라는 상황에 처하게 될 때 무의식 중에 의미를 알 수 없는 주문 같은 말을 중얼거리거나 정신을 집중시키려하는 경우가 있습니다.

긴장 상태에서 무의식 중에 하는 이런 행동을 역으로 의식화시킴으로써 집중력을 높일 수 있습니다. 여기에는 기억이라는 대뇌의 활동을 이용하는 게 좋습니다.

예전의 인기 아나운서였던 도쿠미쓰 카즈오(德光和夫) 씨는 외국인 이름이나 텔레비전 프로그램, 영화 노래 제목, 역사상의 인물 등의 고유명사 인덱스를 만들어 두고 필요할 때는 언제 어디서나 그것을 기억해 내는 훈련을 해왔다고 합니다. 이것은 순간적으로 집중력을 높이는 데 도움이 됩니다.

저는 얼마 전 『부담없는 공부 방법』이라는 수험생 대상의 책을 낸 적이 있습니다. 그 이후 제 사무실에는 수험생들로부터 수많은 편지

151

가 오고 있습니다.

그 중, 원하던 대학에 훌륭하게 합격한 한 학생이 자기의 경험을 참고로 해달라며 보내온 경우도 있었습니다. 그런 편지들 중에는 최근 제가 아주 감탄한 것이 있습니다. "텔레비전에서 상영되는 외국 영화의 크레디트 스크린(credit screen)을 속독함으로써 자신없는 과목인 영어를 정복했다."는 내용이었습니다.

이 수험생의 경우, 짧은 시간 안에 크레디트 스크린을 읽는 행위가 곧바로 영화에 대한 집중력으로 통한 것이라고 할 수 있습니다. 쉽지 않은 외국어를 짧은 시간 안에 속독함으로써 정신이 긴장되고 집중력이 더욱 발휘될 수 있었던 것입니다. 이 상태를 지속한 채 책상에 앉으면 당연히 공부의 능률도 오릅니다.

이렇게 '빨리 기억하고 그것을 확실하게 다시 기억해 내는' 일련의 속독, 암기, 연상의 작업을 정해진 시간 내에 해내는 것은 고도의 집중력을 기르는 데 큰 효과가 있습니다.

왜냐하면 어떤 공부에서든 시간이 무제한으로 주어지는 것이 아니고, 뿐만 아니라 제한된 시간 내에 얼마나 효과적으로 능률을 올릴 수 있는가가 요구되기 때문입니다. 따라서 순간적인 판단력과 집중력은 공부의 효과를 높이는 데 있어서 필수 불가결한 요소라고 할 수 있습니다.

속독, 암기, 연상은 모두 집중력의 속도를 높이는 데 유효한 훈련법입니다. 평소에 이 방법을 연마해 두면 어떤 상황에든 대처할 수 있으며, 필요할 때 순식간에 집중력을 높일 수 있게 됩니다.

매일 잠자리에서 특정한 수를 반복해서 세어라

꽤 오래 전의 일인데 빌리 와일더 감독의 '정부(情婦)'라는 추리 영화를 본 적이 있습니다. 저는 등장 인물의 심리를 탁월하게 묘사한 와일더 감독의 연출에 직업상의 흥미를 가지고 있었는데, 그 중에서도 이 영화는 제 기대를 훌륭하게 만족시켜 주었습니다. 상영 시간의 반 이상이 법정 장면인 이 영화에는 찰스 로튼이라는 노변호사가 거의 이길 승산이 없는 살인 사건에서 피고측의 변호를 맡습니다.

그때 그의 심장병을 앓고 있어서 발작을 방지하기 위한 알약을 변호인석 책상 위에 나란히 늘어놓았습니다. 그리고는 가지런히 놓여진 알약이 하나씩 줄어갑니다. 이 장면은 시간의 경과를 상징하는 것인데, 제가 보는 바로는 와일더 감독은 이 알약에 또다른 묘한 의미를 숨겨놓은 것 같았습니다.

로튼 변호사는 검사측의 증인 심문을 들으면서 눈은 약의 숫자를 세고 있습니다. 불리한 재판에서 다음 번에 어떤 수단을 강구할 것인

153

가 필사적으로 지혜를 짜내고 있는 것입니다. 이렇게 극도의 집중력이 요구되는 장면에서 그는 정신을 집중시키기 위해 남은 약의 숫자를 하나 둘 차분하게 세고 있었던 것입니다. 그가 왜 그런 동작을 했을까 의아하게 생각하는 사람도 있을 것입니다. 하지만 이것은 한 껍질만 벗겨보면 간단한 일입니다. 심리학적으로 보면 집중력을 높이려 할 경우 숫자를 반복하는 것이 상당한 효과가 있기 때문입니다.

이것은 실제로 해보면 누구나 알 수 있습니다. 예를 들어 1~16이라든가 2~23처럼 어중간한 숫자를 설정하고 그것을 반복해서 세어보십시오. 특정 수에서 갑자기 멈추고 다시 처음 숫자로 돌아가는 것이 의외로 어렵다는 것을 알 수 있을 것입니다. 잠시 엉뚱한 생각을 하다가는 어느새 그 숫자를 지나쳐 버리고 말기 때문입니다.

미리 정해놓은 시간 내에 이 작업을 규칙적으로 하기 위해서는 상당한 집중력이 필요합니다. 따라서 반대로 이것을 규칙적으로 반복하는 것이 집중력을 높이는 훈련이 될 수 있는 것입니다.

매일 잠자리에 누워 처음에는 5분간 어느 임의의 수에서 임의의 수까지 세어보십시오. 그 시간 내에 실패하지 않고 해낼 수 있게 되면 다음에는 10분, 20분 시간을 연장시켜 나갑니다. 이때 반복하는 첫 숫자와 끝 숫자는 익숙해지기 쉬우므로 3이나 4처럼 어중간한 수가 이상적입니다.

이런 훈련을 매일 반복해 나가면 자기도 모르는 사이에 집중력이 배양됩니다. 또한 시험장에서도 당황하지 않고 냉정을 유지하고 정상적으로 대처할 수 있게 됩니다.

154

61 쉬는 시간에 뿌리를 뽑아서 놀아라

두뇌를 극도로 집중시켜 공부를 한 다음에는 이른바 '휴지 상태(休止狀態)'가 생기게 됩니다. 모든 심리적 에너지의 방출이 정지하는 것입니다. 따라서 새로운 에너지를 보충해 줄 필요가 생기게 됩니다. 이 보충의 방법은 사람에 따라 다릅니다.

작가인 고(故) 아라다 지로(新田次郎)씨와 여행을 같이 하면서 다음과 같은 이야기를 들은 적이 있습니다. 그는 정신을 집중해서 무슨 일을 할 때는 하루에 두세 시간밖에 잠을 자지 않았습니다. 그럴 때는 소위 '붓이 달리는' 상태가 된다는 것입니다. 그런 상태가 2,3주간 계속되고 나면 푹 쓰러지고 맙니다. 그리고는 2주일 정도는 매일 자고 일어나서 밥을 먹고 가끔씩 산책을 할 뿐 일은 하지 않습니다. 이 기간이 그의 '휴지기'로서 두뇌의 에너지를 보충하는 때이기도 합니다. 2주일 후에는 다시 맹렬하게 일에 대한 의욕이 생긴다고 합니다.

완전히 정반대의 방법도 있습니다. 20세기의 위대한 철학자 비트

겐슈타인은 케임브리지 대학에서 정열을 다해 강의한 다음에는 시내의 극장으로 동시 상영 영화를 보러 가곤 했습니다. 제목이나 배우에는 아무 관심도 없고, 영화의 내용이 시시할수록 에너지의 회복에 더 도움이 된다고 합니다. 언뜻 보기에는 이상하게 느껴지는 행동이지만 심리학적으로 극히 타당합니다. 유명 감독의 예술성 있는 영화라면 두뇌가 다시 편하게 회복될 리 없기 때문입니다.

두뇌의 회복에는 그때까지 지력(知力)을 피로하게 한 대상과는 완전히 정반대의 일을 하는 것이 좋습니다. 공부에 지쳐 더 이상 집중이 불가능하다고 생각되면 과감하게 휴식을 취하고 바보 같을 정도로 철저하게 에너지를 사용하는 것도 한 방법이 될 수 있습니다. 두뇌의 활동은 일종의 진자(振子)운동이라고 할 수 있습니다. 놀이를 통해 진폭을 크게 하면 다음 번의 공부에 그만큼의 반동이 생깁니다.

그렇다면 기왕 놀 바에야 어중간하게 놀 게아니라, 무엇이든 공부와는 정반대의 것을 철저하게 해보는 것입니다. 이렇게 여가를 훌륭하게 활용함으로써 '싫증'을 극복하면 새로운 집중력이 솟아나옵니다.

단어를 암기할 때는 눈으로만
하지 말고 입으로 말하면서 하라

62

외국에 나가서 회화 실력이 충분하지 못해 노이로제에 걸리는 사람이 있습니다. 외국어를 잘 하지 못한다는 콤플렉스 이외에도 말 자체를 할 기회가 줄어든다는 것도 노이로제의 주요한 원인이 되는 경우가 많습니다. 말을 하지 못함으로써 언어가 원래 가지고 있는, 자기의 내면을 표출하는 활동이 억압을 받기 때문입니다. 이와는 반대로 외국 생활에 훌륭하게 적응한 사람들 중에는 집에 돌아와서 혼자가 되면 자기 마음대로 '혼자말'을 함으로써 그런 욕구 불만을 해소하는 사람도 있다고 합니다.

특별히 외국 생활의 예를 들지 않더라도 우리 인간은 자기도 느끼지 못하는 사이에 뭔가 혼자말을 중얼거리는 경우가 있습니다. 어떤 때는 혼자말로 불안한 기분을 해소할 때도 있고, 또 어떤 때는 뭔가에 의식을 집중시키는

 마음의 움직임이 말로 나타나는 경우도 있습니다.

뭔가를 골똘히 생각하고 있는 중에 거기에서 파생되어 나오는 갖가지 잡념과 연상은 집중을 방해하는 중요한 원인 중의 하나입니다. 이런 잡념이 생기는 이유는, 사고에는 유동성이 많기 때문입니다. 결국 머릿속이 자유롭기 때문입니다.

그런데 사고가 말이나 문자, 혹은 그림으로 표현되면 형태를 갖게 되는 만큼 유동성이 줄어듭니다. 사고가 형태를 부여받음으로써 다양한 방향으로 확산되던 사고의 흐름이 하나로 고정되면서 불필요한 잡념이 들어올 여지가 없어집니다.

전 세계 헤비급 챔피언이었던 무하마드 알리가 링에 오르자마자 상대가 듣건 말건 관계없이 마구 지껄여대던 것도 자기의 의식을 시합에 집중시키려는 목적에서였을 것입니다.

그러므로, 사고를 어떤 대상에 집중시키기 위해서는 혼자말을 한다든지 글이나 그림으로 자기의 생각을 표현하는 것이 좋습니다. 평소 무의식적으로 중얼거리는 혼자말을 의식적으로 활용하는 것입니다. 암기를 할 때도 소리를 내면서 기억하는 습관을 들이도록 하십시오.

63

시험 날짜가 다가와 긴장될 때는 오히려 그 긴장을 환영하라

프로 골프계의 대가인 나카므라(中村)씨는, "프로와 아마추어의 차이는 어디에 있는가?"라는 질문에 대해 다음과 같이 말한 바 있습니다.

"프로는 긴장이 될 때 오히려 좋은 샷이 나오지만 아마추어는 긴장하면 미스를 범한다."

맞는 말입니다. 1번 홀의 팅 그라운드에 섰을 때 앞에서 전개될 게임을 생각하면 몸이 딱딱하게 긴장되는 것은 프로나 아마추어나 마찬가지입니다. 이때 아마추어는 안정하려 하면 할수록 몸이 굳어집니다.

어깨의 힘을 빼야 한다고 마음먹을수록 긴장은 정신적인 압박으로 무겁게 짓눌러 옵니다. 몸도 마음도 자기의 것이 아닌 것처럼 마음먹은 대로 움직일 수가 없습니다.

하지만 프로는 마찬가지로 긴장해도 그 긴장을 오로지 어떻게 공을 다룰 것인가 하는 한 가지에 집중시킵니다. 육체의 긴장을 더 좋은 기술을 발휘하기 위한 집중력으로 전환시킵니다. 결국 아마추어에게 가장 큰 적인 긴장을 프로는 집중을 위한 필요 조건으로 이용하는 것입니다.

실제로, 집중력을 발휘하기 위해서는 정신의 긴장이 절대적으로 필요합니다. 문제는 그 긴장이 에너지를 집중시키는가, 그렇지 않으면 잡념을 불러일으키는가 하는 것입니다.

요컨대 이럴 때는 "긴장해서는 안 된다."고 생각할 것이 아닙니다. 긴장과 잡념에 구애된다는 것 자체가, 긴장에 진다는 것을 의미합니다. 오히려 자기 자신에게 긴장을 집중시켜 "긴장하는 편이 낫다."고 마음 속으로 다짐하는 것이 좋습니다.

이렇게 되면 흥분하지 않고 오히려 좋은 결과를 얻을 수 있습니다. 억지로 긴장을 풀고 마음을 이완시키면 정신이 산만해져 될 일도 안 되는 경우가 생깁니다. '긴장은 집중의 필요 조건'이라고 생각하면 몸과 정신이 딱딱하게 굳지 않습니다. 오히려 자기 컨트롤이 가능해지고 압박으로부터 자유로워져서 공부에 집중할 수 있게 됩니다.

Key Point

긴장은 집중의 필요 조건,
적당한 긴장은 집중력을 향상시켜 줍니다.

64 아직 다 못마친 참고서는 치우지 말고 책상 위에 그냥 두어라

책상에 앉아도 집중력이 생기지 않는다. 왠지 불안하고 마음이 잡히지 않는다. 이런 학생들 중에는 책상 위에 참고서나 노트를 산처럼 쌓아놓거나 아무렇게나 어수선하게 놓는 경우가 적지 않습니다.

이런 어수선한 책상을 정리 정돈하는 것은 공부에 집중하고 싶은 학생에게 훌륭한 기분 전환이 됩니다. 단 경우에 따라서는 정돈을 하지 않는 것이 집중에 플러스가 되는 경우도 있습니다.

예를 들어, 원고 마감 며칠 전에 수백 장의 원고를 집중적으로 쓰는 작가들의 경우를 보면, 대부분의 작가들이 작업실의 프라이버시에 대해 신경질적일 정도로 민감합니다. '자기만의 장소' 라는 사고 방식과도 관련이 있다고 볼 수 있는데, 제가 잘 알고 지내던 고 사카구치 안고씨의 경우에는 다른 사람이 보면 처참하다고 할 정도의 엉망진창인 작업실에 부인조차도 발을 들여놓지 못하게 했습니다.

아무리 재능 있는 작가라도 책상에 앉아 시작구령과 함께 원고에 집중해서 몰두할 수 있는 것이 아닙니다. 대작가라고 일컬어지는 사람들 중에는 낙서를 하거나 책상 서랍 안에 있는 펜 같은 문구를 의미 없이 만지작거리거나, 혹은 책상 위의 집기들을 이리저리 옮기는 등 쉴새없이 장난을 치는 사람이 많다는 기사를 신문에서 읽은 적이 있습니다. 그들은 그런 행동 속에서 좋은 글을 만들어 내는 것이 아닐까 하는 생각이 듭니다. 그래서 그들은 서재나 책상에 다른 사람이 접근하는 것을 끔찍이도 싫어하는 것입니다.

이런 작가들만큼은 아니지만 인간은 누구나 '집중의 장소'를 침범받으면 불쾌해 합니다. 특히 일이나 공부가 잘 되고 있을 때 그런 일을 당할수록 '망쳤다'는 생각이 더 강해집니다.

하지만 개중에는 정돈을 좋아하는 사람들도 있어서, 이틀이나 사흘마다 한 번씩 방을 정리하지 않으면 왠지 기분이 나빠진다는 사람도 있습니다. 어수선한 방과 책상을 정리하고 각각의 물건을 있어야 할 장소에 놓습니다. 방이 깨끗해지면 책상에 앉아 "이제 오늘도 어제처럼 일을 해볼까."하는 생각이 든다는 것입니다.

항상 그렇다고 할 수는 없지만, 이럴 때 의외로 전날처럼 일이 잘 되지 않을 때가 있습니다. 가령 일에 집중했다고 할지라도 그 일을 하는 데 걸린 시간이 전날, 전전날보다 몇 배나 더 걸리는 경우도 있습니다.

힘들게 집중에 성공한 어제의 환경적 요인을 일부러 힘들여 가면서 바꾸려는 사람은 없습니다. 오늘 새로 시작한 공부가 있으면 참고서는 치우지 말고 그대로 책상 위에 둔 채 잠을 자는 것도 좋습니다. 그리고는 다음날 책상에 앉자마자 그 책을 펼치고 어제 하던 공부를 계속합니다. 이것은 어디까지나 공부가 잘될 때의 전체적인 무드가 중요하기 때문입니다.

이렇게 하면, 일단 하루 동안 중단되었던 공부라도 짧은 워밍업으로 집중력을 발휘할 수 있게 됩니다.

읽고나면 행복해지는
명언 한마당

올바른 판단이란 정의를 사랑하고 공정함을 지키며 더욱 자기를 벗어나는 것이다.
-앙리 프레데리크 아미엘

몇 달 앞의 목표를 향해
매달 '중간 목표'를 설정하라

65

육상 경기 중에서 체력은 물론이고 정신력을 가장 많이 필요로 하는 것이 마라톤입니다. 42.195km를 혼자만의 힘으로 완주해야 하기 때문에, 자신과의 싸움이 상상 이상으로 요구됩니다.

마라톤 선수가 지향하는 것은 물론 결승점에 골인하는 것입니다. 그러기 위해서는 그들은 한 발을 내딛으면서 42.195km를 목표로 뛰는 것입니다. 현대 마라톤에서는 보통 5km를 한 구간으로 잡고 레이스 전개를 구상합니다. 여러 개의 중간 목표를 설정해 먼저 최초의 5km를 자기 페이스로 완주하는 데 정신을 집중합니다. 그것이 계획대로 되면 다음 5km를 목표로 달리고, 이런 과정을 반복함으로써 42.195km를 완주하는 것입니다.

우리가 어떤 작업을 할 때, 시작 직후와 끝나기 직전이 가장 능률이 좋다는 것은 누구나 경험할 수 있습니다. 바꿔 말하면, 집중력이 가장 고조되는 것이 바로 이 때라는 것입니다.

이런 현상을 심리학에서는 '초반 노력, 후반 효과'라고 합니다. 이것은 달리 말하면, 시작과 끝의 사이에는 반드시 능률이 떨어지고 집중력이 둔해지는 때가 있다는 말이 됩니다.

집중력을 지속시키기 위해서는 이렇게 중도에서 집중력이 해이해지는 현상을 가능한 한 방지해야 합니다. 이럴 때는 마라톤 선수가 사용하고 있는 '중간 목표' 설정법이 힘을 발휘할 수 있을 것입니다.

인간의 심리는 난순하게 해석할 수 없습니다. "흥이 오르지 않는다. 의욕이 나지 않는다. 하지만 어떻게든 공부는 해야 한다." 이럴 때는 의식적으로 끝나는 시간을 설정하는 것이 집중에 도움이 됩니다.

전체적인 목표밖에 없는 상황에서는 최종 목표까지의 심리적 거리가 너무 멀어 '의욕'이 생기지 않는 경우가 적지 않습니다. 이럴 때, 전체적인 과정의 중간중간에 타당성 있는 목표(중간목표)를 설정하면, 목표로부터의 '인력(引力)'이 생겨 의욕이 머리를 쳐들게 됩니다.

이렇게 '초반 노력'과 '후반 효과'의 간격을 줄여 공부에 집중을 기함과 동시에, 중도에서 집중력이 해이해지는 상태를 방지해 능률이 떨어지는 것을 방지할 수 있습니다. 하나의 '중간 목표'를 원만히 달성하면 다음 목표, 최종 목표에 대해 연속적인 집중력을 발휘하는 것이 가능해집니다.

가령 1년 앞의 입시를 목표로 하고 있는 경우라면, 1개월마다 목표를 세워봅시다. 혹은 '영어 강화 기간' 등의 개략적인 계획을 세우고, 일주일 단

위로 문법, 독해, 어휘력 등으로 목표를 보다 세분하는 것도 좋을 것입니다.

단, 중간 목표는 간격이 너무 짧으면 역효과가 생길 수도 있습니다. 계획에 여유가 없어지고 오히려 집중력을 방해할 가능성이 있기 때문입니다. 하루, 이틀 단위의 빠듯한 중간 목표를 피해야 합니다.

 명언 한 마디!

• 잘못을 저지르고 고치지 않는다는 것, 그것을 잘못이라고 일컫는다.

- 논어

 공부방이 지겨워지면 다른 방으로 옮겨 기분을 전환시 킨다.

 도서관이나 카페에 가서 공부를 해봄으로써 "아까 운 돈과 시간을 들였으니"하는 기분을 촉진제로 활용한다.

167

시계는 안 보이는 곳에 숨겨라

7시~8시는 수학, 8시~9시는 국어, 9시~10시는 ······, 이런식의 계획을 세우고 책상에 앉습니다. 미리 제한 시간을 정하고 공부하는 것은 정신을 집중시키는 데 매우 효과적인 방법입니다. 하지만 시간에 정신을 빼앗긴 나머지 제한 시간까지 앞으로 몇 분 남았는지 눈앞의 시계와 눈싸움을 하면서 불안하게 공부하는 학생도 있습니다. 이런 공부 태도는 좋지 않습니다.

시간이 정신을 긴장시키는 것은 당연합니다. 어떤 공부를 하려고 할 때 시계를 자주 보는 것은, 그렇지 않을 경우에 비해 마음의 안정도에서 크게 차이가 납니다. 때로는 필요할 때는 언제든지 시계를 볼 수 있다는 안도감을 얻을 수 있는 경우도 있지만, 너무 빈번하게 시계를 보게 되면 오히려 마이너스 요인이 더 큽니다. 시계를 볼 때마다 집중이 중단되고 능률이 떨어질 뿐만 아니라 이와 비례해서 초조가 증대됩니다. 시계는 부적 정도로 생각하는 것이 좋습니다.

마음의 집중력이 문제가 되는 것은 시간과의 관계가 항상 배후에 잠재해 있기 때문입니다. 여러분이 왜 이 책을 읽고 있는지를 한 번 생각해 보십시오. '공부에 집중력을 배양하기 위해서'가 아닙니까? 그렇다면 왜 집중력이 필요합니까? 대개는 보다 짧은 시간에 보다 많은 양의 지식을 습득하기 위해서일 것입니다. 바꾸어 말하면, 당신은 현재 공부를 할 때 필요 이상의 시간을 소비하고 있다고 할 수 있습니다. 어쩌면 다른 학생들에 비해 노이로제라고 할 수 있을 정도의 초조에 시달리고 있을지도 모릅니다.

초조를 느끼는 것은 인간뿐입니다. 그것은 인간만이 시간을 의식할 수 있기 때문입니다. 집중이 안 될 때는 반드시 초조해지는 증상이 생깁니다. 이것이 증폭되어 집중력을 빼앗습니다. 결국 집중이 안 될수록 시간이 마음에 걸리는 악순환의 도식이 성립됩니다. 다른 학생과 비교할 때의 '상대 시간'과 무의식 중에 스스로 자기에게 부과한 '절대 시간'이 뒤섞여 그만큼 신경이 날카로워지고 더욱 초조해집니다. 그 결과 시계, 라디오, 텔레비전 등 시간을 알려 주는 기계가 신경에 거슬리게 됩니다.

이런 증상을 극복하는데 가장 효과가 있는 것은 시계를 비롯해 시간을 알려주는 모든 물건을 눈에 띄지 않는 곳으로 치우는 것입니다. 시계를 뚫어지게 쳐다보면서 공부해서는 결코 집중할 수 없습니다.

모든 시계를 멈추고 준비 작업에 집중하는 사람도 있습니다. 또 제가 알고 있는 한 학생은 손목 시계를 풀어서 안 보이게 해야만 안심하고 느긋한 기분으로 공부할 수 있고 그것이 결과적으로 집중으로 연결된다는 말을 한 적이 있습니다.

물론, 바쁜 현대 사회에 있어서 무슨 일을 하더라도 제한 시간은 있습니다. 하지만 시계 초침이 재깍거리는 물리적 시간의 경과와 인간의 마음이나 육체의 작업 밀도와는 본질적으로 차이가 있습니다. 따라서 물리적인 시간을 필요 이상으로 의식하면 그것에 휘말려 공부를 해도 머릿속에 아무것도 들어오지 않게 됩니다.

시간을 벌면서 공부에 집중하기 위해서는 시계를 무시하십시오. 이것은 결코 역설이 아닙니다.

명언 한 마디!

• 말이 입힌 상처는 칼이 입힌 상처보다 깊다.

- 모르코 속담

 매일, 공부를 시작하기 전에 오늘은 몇 시간 공부할 것 인가를 결정한다.

 20분 공부한 후에는 반드시 휴식을 취한다.

가고 싶은 대학의
입시 요강을 머리맡에 두고 자라

67

자기 신변에서부터 먼저 '잡념'이 될 가능성이 있는 것을 제거하는 것이 집중의 제일 첫번째라고 했을 때 다음으로는 보다 적극적으로 자기의 의식을 목표를 향해 집중시키는 신변 관리 방법이 있다면 금상첨화일 것입니다. 이 점에 있어서는 다음과 같은 예가 좋은 힌트를 제공해 줄 수 있지 않을까 생각합니다. 70년대에 세계 테니스계를 석권했던 빌리 진 킹은 평소에도 테니스공을 한시도 몸에서 떼지 않고 모든 신경을 테니스에 집중시켜 큰 시합에서 전력을 다할 수 있었다고 합니다.

제가 아는 한 사람은, 중학교를 졸업할 때 졸업생 답사를 읽는 역할을 맡았습니다. 수재였지만 소심했던 그는 그 이후 밤에도 잠을 이루지 못할 정도로 불안에 시달렸습니다. 그러나 명예로운 역할을 무사히 치러내지 못하면 안 된다고 생각한 그는 붓으로 정성스럽게 쓴 답사를 어디에 가더라도 늘 몸에 지니고 다녔습니다. 이렇게 답사와 기

172

거를 같이하다시피 지내다 보니 어느새 그것과 친숙해지게 되었다고 합니다.

이와 비슷한 이야기를 어느 택시 운전사로부터 들은 적이 있습니다. 그의 모범적인 안전 운전에 감탄한 제가 그 비결을 넌지시 물어보았더니, 네 명이나 되는 아이들과 부인의 사진이 한장씩 든 봉투를, 출근 때마다 부인이 주머니에 넣어준다는 것이었습니다. 물론 운전 중에 가족에 관한 일을 생각하고 있을 여유는 없겠지만, 어쨌든 항상 주의해서 운전하게 된다는 말이었습니다.

이런 점에서, 공부나 일의 경우 목표를 상징하는 어떤 물건, 예를 들면, 들어가고 싶은 대학의 입시 요강을 항상 몸에 지니는 것도 하나의 방법이 될 수 있습니다. 혹은 따라잡아야 할 라이벌의 사진을 벽에 붙여놓거나, 하고자 하는 일과 관계가 있는 물건을 몸에 지니고 다님으로써 자기가 그 목표를 항상 의식하도록 하는 것도 좋습니다. 평소에는 잊고 있어서 그리 강하게 의식하지 못하고 있다 해도 소위 SP, 즉 잠재 지각(潛在知覺, subliminal perception)과 유사한 효과를 통해, 점차 목표를 향해 마음을 집중시켜 주는 효과를 기대할 수 있습니다.

173

5장
체념을 극복하는 쇼킹 집중방법

'오늘은 몇 시간만 공부한다' 라고 사전에 결정해 두자.
대학에 합격한 뒤의 모습을 상상해 보라 등
자칫 체념하기 쉬운 마음들을 방지할 수 있는
쇼킹한 집중방법을 소개한다.

"오늘은 몇 시간만 공부한다."고
사전에 결정해 두라

68

수험생들 중에는, "어제는 열세 시간이나 공부했다."든가 "지난 일주일 동안 매일 네 시간밖에 안 잤다."는 말을 하는 학생들이 많습니다.

하지만 중요한 것은 얼마나 오래도록 책상에 앉아 있었느냐는 것이 아니고 얼마나 집중해서 공부했는가 하는 것입니다. 극단적인 말이 될지도 모르겠지만, 집중만 할 수 있으면 하루 두 시간만의 공부로도 충분합니다. 건성으로 여덟 시간을 하는 것보다 집중해서 두 시간 하는 것이 훨씬 효과적입니다.

그러므로 반대로, 하루 몇 시간만 공부한다는 목표를 세우는 것이 좋은 방법이 될 수 있습니다. 이렇게 하면 자연히 짧은 시간 안에 계획량을 마치게하는 습관이 붙어, 그것이 집중력과 연결됩니다. 막연히 자기 전까지 공부해야 되겠다는 생각으로는 공부에 대한 탄력이 생기지 않아 빈둥빈둥 시간만 보내기 쉽습니다.

예를 들어, 하루 네 시간만 공부하기로 마음먹었다고 합시다.

7시 반에 시작해서 네 시간이면, 끝나는 시간은 11시 반이나 됩니다. 처음에는 쉽게 집중이 안 되지만 10시 반쯤 되어 끝낼 시간이 한 시간 정도 남게 되면, "좋아, 앞으로 한 시간밖에 없다. 열심히 해야지."하는 기분이 생깁니다.

합격하는 수험생과 그렇지 못한 수험생은 어디에서 차이가 나겠습니까? 그 중 하나가, '체념' 하고 마느냐 그렇지 않느냐입니다. 체념하는 순간 집중의 사슬은 무참히 끊어지고 맙니다. 이장에서는 체념을 극복하는 집중술을 소개해 보겠습니다.

Key Point

스스로 세운 목표를 항상 의식하면서 공부해 보세요. 마음을 집중할 수 있는 좋은 방법입니다.

69 대학에 합격한 뒤의 모습을 상상하라

우리는 평소에 좋은 일이 있으면 운이 좋다, 나쁜 일이 있으면 운이 없다는 말을 자주 합니다. 말은 그렇게 하지만 마음 속으로는 '운'을 믿지 않는 사람도 많습니다. 운이 아니라 실력이라고 생각하는 사람도 있을 것이고, 우연이라고 생각하는 사람도 있을 것입니다. 하지만 '운(運)'이라고 하는 것을 그렇게 경시해도 좋을까요?

운동 선수 중에는 운을 믿고 중시하는 사람이 많습니다. 시합전에 영구차를 보면 꼭 승리한다든가, 이전 시합에서 승리했을 때 신었던 양말을 신으면 이긴다든가, 혹은 시합에 질 때까지는 수염을 깎지 않는다든가 하는 다양한 종류의 징크스를 믿고 운을 잃지 않으려 합니다. 사실 운동 선수만큼 자기의 일에 대한 플러스 이미지를 중시하는 사람은 없을 것입니다. 스포츠라고 하는 것이 한정된 짧은 시간 내에 자기가 가진 모든 에너지를 집중해서 승부를 겨루는 것이기 때문입니다. 당연히 집중력이 흐트러지면 곧바로 성적이 나빠지고 맙니다.

178

운동 선수들은 짧은 시간 내에 모든 에너지를 집중시키기 위해서는 자신을 갖는 것이 필요하다는 것을 알고 있습니다. 그들은 극도의 집중을 가능케 하기 위해 다양한 방법으로 자신감을 배양합니다. 그 중에서도 가장 간단한 방법이, '오늘은 운이 좋다'고 스스로 믿음을 가지는 것입니다. 운동 선수들은 운을 믿음으로써 자기에 대한 불안과 경쟁 상대에 대한 공포에 동요되지 않고 자신을 경기 그 자체에 집중시키는 것입니다.

오늘은 운이 좋다고 굳게 믿는 것은 그렇게 힘든 일이 아닙니다. 무엇이든지 좋으니 그날 그날 잘 되는 곳을 발견해서 부분적인 컨디션을 점점 증폭시켜 다른 부분에 확대시키면 적극적인 기분이 됩니다.

사소한 계기라도 발견해서 자기 이미지를 플러스로 전환시키는 것은 그리 어려운 일이 아닙니다. 운동 선수뿐만 아니라 누구나 자기에 대해 낙관적인 이미지를 가짐으로써 집중력을 보다 높이고 머리를 효과적으로 사용할 수 있습니다.

여기에 대해서는 창조능력 개발연구소에서 다음과 같은 실험을 한 적이 있습니다.

먼저, 피험자를 반씩 A, B 두 그룹으로 나눕니다. A그룹에는 기분 좋은 이미지를 연상하게 합니다. 예를 들면 '학교 성적이 올랐다. 일이 잘 되고 있다. 여자친구와 데이트를 하고 있다'는 등입니다. 그리고 B그룹에는 반대로 '성적이 떨어졌다. 일이 잘 안 풀려 직장 상사에게 꾸중을 들었다'는 등 기분 좋지 않은 이미지를 연상케 합니다. 그 후 임의의 키 워드를 정해 피험자들에게 자유 연상을 시킵니다. 예를 들어 '물' 이라는 키 워드를 시작으로 '물→바다→태양→비행기→스포츠카→애인……' 등 머릿속에 떠오르는 내용을 자유롭게 연상시키는 것입니다.

이 실험 결과 A그룹이 머리를 보다 효과적으로 사용할 수 있다는 결론이 나왔습니다.

실제로 항상 낙천적인 사고 방식을 가지는 것은 불필요한 잡념을 없애고 정신을 집중시키는 데 있어서 필수 불가결한 요소입니다. 예를 들어 그날은 완전히 기분이 잡쳐 전혀 '운이 좋다'는 생각을 할 수가 없더라도 그 기분에 계속 사로잡힌다면 결과는 더욱 나빠질 뿐입니다.

프로야구 요미우리 자이언츠의 나가시마 감독은 현역 시절 수많은 화려한 기록을 남겼습니다. 그가 현역을 은퇴할 때 남긴 말 중에 다음과 같은 구절이 있습니다.

"내일은 아주 잘 될 것이다. 그런 마음을 가지고 최선을 다한다. 결과가 비록 나쁘더라도 나는 그렇게 믿고 방망이를 휘두른다. 후회는 없다."

그는 '내일은 아주 잘 될 것'이라는 믿음을 가짐으로써 그 순간 전력을 집중했습니다. 그것이 화려한 플레이로 나타났던 것입니다.

그는 기분 전환이 매우 빠른 사람이었습니다. 결과가 아무리 나빠도 그것에 연연하지 않는 호탕한 사람이었습니다. 그래서 긴장에서 오는 압박에 지지 않고 마음먹은 대로 집중력을 발휘해 자기 역할을 멋지게 해냈던 것입니다. 이런 예는 우리에게 매우 좋은 참고가 됩니다.

우리는 눈앞의 일에 연연하고 그날의 결과에 일희일비(一喜一悲)합니다. 결과가 나쁘면 한참 동안 미련이 남습니다. 그렇지만 언제까지나 그 결과에 연연해 봤자 아무 소용도 없습니다. 일을 시작하기 전에 결과를 먼저 생각하고 망설이다가, 마치 그것이 일생을 좌우하는 것처럼 생각해서는 그 압박에 굴복하고 말 게 뻔한 이치입니다.

자신이 없고 체념하고 싶은 기분이 들 때는 자기가 성공한 뒤의 모습을 상상해 봅시다. 자기가 희망하던 대학에 합격한 모습, 시험장에서 술술 답안지를 채워가는 모습을 떠올려 보십시오. 모의 고사에서 우연히 나쁜 성적이 나오더라도 이런 낙관적인 이미지를 떠올림으로써 체념의 기분을 씻고 공부에 집중할 수 있게 될 것입니다.

우리는 항상 자기의 '내일'에 희망을 갖고, 그것을 믿으며, 그 믿음에 의해 현재를 살아나가고 있습니다. 마찬가지로 수험생들도 입시 준비에 대해 낙관적일 필요가 있습니다. 그럼으로써 자칫하면 무리한 긴장으로 과도한 긴장 상태에 빠지기 쉬운 상황에서 쉽게 빠져나올 수 있게 됩니다.

Key Point

> 시간을 정하고 그 목표를 향해 공부하세요. 공부에 탄력이 생겨 집중력이 좋아집니다.

70 일부러 도중에 공부를 중단하고 다음날 다시 시작해 보라

공부라는 것은 시작하기는 비교적 간단하지만 흥이 오르기까지는 상당한 시간이 걸립니다. 좀처럼 엔진이 걸리지 않는 학생에게는 이런 방법을 권하고저합니다.

그날의 공부를 다 끝내지 말고 조금 남겨놓았다가 다음날 그 나머지부터 시작해 보는 것입니다. 말하자면 '일단 멈춤'이라고 할 수 있겠습니다.

영어를 공부하고 있다고 합시다. 거의 다 되어갈 무렵 약간의 분량을 남기고 그날의 공부를 마치는 것입니다. 그리고는 다음날은 전날 하다 만 곳부터 시작해 봅니다. 이렇게 하면 좀처럼 공부에 엔진이 걸리지 않는 학생도 의외로 빨리 집중력을 얻을 수 있습니다.

이것은, '중단 행동(中斷行動)의 재개 경향(再開傾向)'을 이용하는 방법입니다. 영어 문제에 집중하고 있을 때 머리는 일종의 긴장 상태에 있습니다. 물론 공부를 다 마치고 나면 이 긴장 상태는 일단 해소되지만, 모두 끝내기 전에 작업을 중단하면 그때의 긴장이 머리속에 남습니다. 즉, 나머지 부분에 관심이 계속 걸려 있는 상태로 그날의 공부를 일단 멈추는 것입니다.

다음날 그 문제를 다시 펼치면, 전날부터 계속 마음 속에 걸려있던 것이기 때문에 저항감 없이 바로 신경을 집중할 수 있습니다. 이런 과정을 통해 '도움닫기 효과' 가 생겨 공부에 쉽게 몰입할 수 있게 됩니다.

이처럼 하나의 작업을 도중에서 중단하고 재개함으로써 전날과 같은 심리적 환경에서 나머지 작업에 돌입할 수 있습니다. 집중력을 '지속' 할 수 있는 것입니다.

한 과목의 공부를 완전히 마치고 다음 과목으로 옮겨가는 경우 쉽사리 흥이 나지 않는 타입의 학생에게도 마찬가지의 방법을 권하고 싶습니다. 다음 공부를 앞에 두고 집중이 되지 않아 초조해하고 시간을 낭비하는 것보다는, 앞의 공부에 매듭을 짓지 않고 일시적으로 중단해 긴장을 지속시킴으로써 두 번째 다시 들여다볼 때 집중력을 불러일으키는 것이 낫습니다. 이렇게 하면 공부를 일시 중단했더라도 최종적으로 오히려 더 좋은 결과를 얻을 수 있습니다.

공부에 집중하기 위한 '환경 조성'은 적당히 하라

'조용한 방에서 느긋하게 의자에 앉아 맛있는 간식을 먹으면서 책을 펼친다.'

이상적인 공부 환경이라면 이런 느긋한 이미지가 떠오를 것입니다. 그러나 이런 환경에서는 의외로 공부가 잘 되지 않는 경우가 많습니다. 공부에 필요한 모든 것이 갖춰진 더할 나위없는 환경은 집중에 있어서 오히려 마이너스이기 때문입니다.

고생한 사람이 성공한다는 말이 있습니다. 환경과 집중력의 관계를 이처럼 정확하게 표현한 말은 없지 않을까 싶습니다. 인간은 환경과 상황에 좌우되는 동물이기 때문에 더할 나위 없는 호저건하에서는 오히려 능력을 발휘하지 못합니다. 적당한 난관이 있을 때, 그 곤란을 극복하기 위해 힘을 쏟고 그에 따라 좋은 결과를 얻을 수 있는 경우가 많습니다. 야구에서도, 노 아웃 만루에서 점수가 나지 않고 투 아웃 일루 상황에서 득점하는 경우를 많이 보았을 것입니다.

100여 년 전 우리 할아버지와 증조부님들은 공부하기에는 아주 불편한 세상을 살았습니다. 외국어를 배우려 해도 선생도, 사전도, 교과서도 없었고, 배울 장소도 오늘날에 비해 비교할 수 없을 정도로 열악한 환경이었습니다. 그렇지만 어떤 일이 있어도 배우겠다는 의지를 가진 사람은 자기 발로 스승을 찾고 사전과 책을 손으로 베껴가며 공부했습니다. 우리는 그때에 비해 엄청난 혜택을 누리고 있는지 모릅니다. 대신 잃은 것도 많이 있습니다. 예를 들면, 욕구에 대한 저항력의 감소가 그것입니다.

멋있는 책상이 있고 이상적인 조명이 있습니다. 배가 고프면 영양가 높은 밤참, 졸음을 방지해 주는 커피나 홍차, 게다가 공부에 지칠 때 한숨 돌리기를 위한 가벼운 소설이나 만화, 텔레비전, CD, 비디오가 있고, 겨울이면 히터, 심지어 발을 따뜻하게 해주는 족온기(足溫器)까지 모든 것이 더할 나위 없이 완벽하게 구비되어 있습니다. 하지만 인간은 이런 환경에서는 일에 집중할 수 없습니다.

원래 인간은 다소의 온도 변화, 다소의 배고픔이나 갈증과 같은 심신의 언밸런스를 자기도 느끼지 못할 정도의 작은 인내심으로 극복할 수 있는 존재입니다. 그런 욕구를 만족시키는 도구가 가까이 있으면 마음이 헤이해져 손을 대고 맙니다. 조금만 지겨워지면 라디오를 틀고, 조금만 목이 마르면 커피나 콜라를 마시고, 조금만 덥거나 조금만 추우면 에어컨, 히터를 틀고, 이래서야 어떻게 공부에 집중할 수 있겠습니까?

인간의 심신 기능의 밸런스는 시시각각 변화합니다. 그러므로 금방 바나나를 먹었다고 해서 파인애플을 먹고 싶은 마음이 없어진다고는 할 수 없습니다. 밤늦게까지 공부하는 학생을 위한 밤참, 기분전환을 위한 라디오 등을 주도 면밀하게 준비한다는 것은, 졸음의 유혹에 쉽게 빠질 수 있다는 것과 하나도 다를 바가 없습니다. 공부의 환경 조성에만 집착하다가는 더 소중한 집중력을 잃어버리고 말 것입니다.

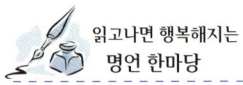

읽고나면 행복해지는
명언 한마당

우리들에게는 이론을 위한 용기는 풍부하지만 실천을 위한 용기는 그렇지 못하다.
-헬렌 애덤스 켈러

 가고 싶은 대학의 이름을 종이에 적어 벽에 붙인다.

 잘 때도 지망 대학의 입시 요강을 머리맡에 둔다.

72

공부에 몰입할 수 없을 때는 주변을 정리하자

저는 중요한 일을 할 때는, 일부터 시작하는 것이 아니라 먼저 서재부터 정리합니다. 여기에는 두 가지 이유가 있습니다. 하나는, 서재를 정리하면서 눈앞의 일과 다음에 해야할 일을 완전히 분리시켜 새로운 마음가짐을 다지려는 것이고, 다른 하나는 이렇게 정리를 함으로서 일에 관계없는 불필요한 것들을 제거할 수 있어서 일을 매우 원활하게 진행할 수 있기 때문입니다.

어른인 저도 이처럼 서재나 책상을 정리하고 난 다음이 아니면 일이 손에 잘 잡히지 않습니다. 아직 공부의 방법에도 익숙하지 못하고 주의가 산만해지기 쉬운 학생들의 경우는 이런 심리적, 물리적 준비가 더욱 필요합니다.

공부에 집중이 안 되고 아무리 해도 마음이 불안할 때는 공부를 잠시 중단하고 주의를 산만하게 하는 원인이 되는 주변을 정리해 보는 것도 하나의 방법입니다. 이 방법은 기분 전환도 겸할 수 있기 때문에

188

일석 이조의 효과를 얻을 수 있습니다.

머리속에 떠오르는
점이나 선을 '응시'하라

73

이 책을 읽고 있는 많은 수험생들이 비행기 구름을 본 적이 있을 것입니다. 처음에는 '점'이었던 구름이, 시간이 경과함에 따라 '선'으로 연결되어 가는 모습을 보고 있으면 재미있는 느낌이 듭니다. 그럴 때는 시선을 집중하고 그 비행기 구름을 계속 바라보게 됩니다. 이런 무의식 중의 집중을 의식적으로 행함으로써 집중력을 높이는 훈련에 응용할 수 있습니다.

이것은 스위스의 로잔에 있는 노이로제 치료 학교에서 실제로 시험해 효과를 인정받은 방법이라고 합니다. 먼저 공중에 가상의 점을 하나 떠올립니다. 그리고 그 순간에는 점 이외의 것을 생각하지 않도록 합니다. 그리고는 이 점을 직선으로 연장시켜 봅니다. 그리고 별이나 소용돌이 모양의 간단한 도형을 그리고 매일 도형을 복잡화시켜 그 도형들을 주의깊게 덧그려 봅니다. 이것을 매일 반복하면 처음에는 몇 초간만 발휘되던 집중력이, 도형의 복잡화에 따라 보다 장시간

지속됩니다.

공부가 손에 잡히지 않아 고민하고 있던 한 학생은 이 방법을 열흘 간 반복한 후 편안한 마음으로 공부에 집중할 수 있게 되었다고 합니다. 또 강의나 연설의 내용이 머리 속에 들어오지 않아 고민하고 있던 한 여성은 의식적으로 시계 소리를 듣는 훈련을 함으로써 그 고민을 해결했다고 합니다. 시계 소리를 들으면서 마음속으로 '똑딱똑딱' 하는 소리를 열 번 정도 되뇌입니다. 이틀 째는 열다섯 번, 나흘째는 스무 번 이상 하루에 여덟 번 정도 반복해 보았다는 것입니다.

눈과 귀 등, 사용할 수 있는 '도구'를 모두 활용해 집중력을 배양해 봅시다.

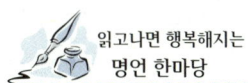
읽고나면 행복해지는
명언 한마당

타인의 결점은 우리들 눈앞에 있고 우리들 자신의 결점은 우리의 등 뒤에 있다.

-세네카

흥미없는 과목의 공부는
처음에는 짧은 시간으로 제한하라

74

미국의 도어먼 박사의 저서 중에, 『어린이에게 읽기를 가르치는 법』이라는 책이 있습니다. 그 책에 다음과 같은 방법이 소개되어 있습니다.

처음에는 'father' 나 'mother' 처럼, 가장 친근한 단어부터 가르치기 시작합니다. 먼저 그 단어를 크고 붉은 글씨로 쓴 종이를 아이들에게 10초 정도만 보여줍니다. 아이들은 처음에는 흥미를 보이지 않지만 조금씩 흥미를 보이기 시작합니다.

흥미를 보이기 시작하면 단어를 쓴 종이를 보여주는 시간을 더 짧게 합니다. 그러면 아이들은 짧은 시간 동안 그 단어의 스펠링을 읽어내기 위해 필사적으로 집중하게 됩니다. 이렇게 함으로써 단어에 대한 흥미도 점점 높아지고, 그에 따라 공부에도 익숙해진다는 것이 이 방법의 포인트라고 할 수 있습니다.

제가 왜 이런 이야기를 하냐면, 흥미없는 과목을 공부할 때 이 방법

192

을 응용할 수 있기 때문입니다. 집중력 뿐만 아니라 그 이전에 '의욕'이 전혀 생기지 않는다는 표현이 더 옳을지도 모르겠습니다.

하지만 입시 과목인 이상 어떻게든 하지 않을 수는 없습니다. 무리하게 머릿속에 집어넣으려고 해도 집중력이 결여되어 있기 때문에 공부에 진척이 있을리 없습니다. 하지만 여기가 승부처라고 생각하고 채찍을 가하면서 어떻게든 목표량은 채운다는 것이 대부분의 수험생들에게서 볼 수 있는 습관입니다. 그러나 흥미없는 과목을 공부하면서 싫증이 생겨 집중력이 사라질 때는 재빨리 공부를 중단하는 편이 더 좋습니다. 그 과목을 싫어하는 원인은, 뭐니뭐니 해도 '흥미가 없다'는 것으로 귀착됩니다.

하지만 이럴 때 앞에서 소개한 것처럼, 일정 시간만 그 과목을 공부하는 방법을 택해봅시다. 반대로 조금씩 흥미가 솟아나오는 것을 느낄 수 있을 것입니다.

처음에는 10분 동안만 해도 좋습니다. 토막 공부라도 상관없습니다. 계속 도전해 보십시오. 분명히 흥미가 솟아나오고, 흥미없는 과목에도 집중력을 발휘할 수 있게 될 것입니다.

Key Point

토막 공부에 계속 도전해 보세요.
흥미없는 과목에도 자신감과 집중력이 생기게 됩니다.

75 문제집을 풀 때는 지금 풀고 있는 문제 이외는 종이로 가려라

제가 중학생 때, 도서관에 가면 머리에 수건을 푹 뒤집어쓰고 문자 그대로 곁눈질 한 번 하지 않고 공부하는 학생이 있었습니다. 이유를 물어보니, 다른 것이 시야에 들어오면 주의가 산만해져 공부에 집중할 수 없기 때문이라는 것이었습니다. 저는 그 정도로 열심히 공부한 적은 없지만, 집중력을 높이기 위해서는 공부와 관계없는 것에 시선을 뺏기지 않아야 한다는 점은 충분히 수긍이 갑니다.

같은 이유로, 한 가지 문제에 신경을 집중시키기 위해서는 다른 문제는 종이로 가리든지 해서 지금 풀고 있는 문제 이외의 것에 시선을 뺏기지 않도록 하는 것이 좋습니다. 평소부터 이런 훈련을 쌓아두면 평소 집중력을 배양할 수 있을 뿐만 아니라 학교의 시험이나 대학 입시에서 문제 하나하나에 대한 집중도로 높일 수 있습니다.

야호! 합격으로 가는길 16

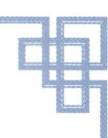 다른 식구들이 들어오지 않도록
방문에 「방해하지 말것!」 팻말을
붙이다.

 어수선한 1층보다 조용한
2층에서 공부한다.

76 휴식은 10분 이상 취하지 말라

공부에서나 일에서나, 뭔가를 시작한 직후에는 쉽게 흥이 나지 않지만 조금 시간이 지나면 작업이 궤도에 올라 리듬을 타게 됩니다. 이렇게 작업을 시작하는 데는 준비 운동이 필요합니다.

이것은 단순히 육체적 조건을 정비한다는 것뿐만 아니라 공부와 일에 대한 친숙과 집중이라는 마음의 준비 운동에 있어서도 큰 의미를 가집니다.

심리학에서는 이것을 멘탈 세트(mental set)라고 합니다. 이 멘탈세트가 이루어지기까지 시간이 걸리면 작업 전체가 비능률적이 되고 일이 제대로 되지 않는 경우가 많습니다. 예를 들어, 야구 시합에서 자기 편의 공격이 너무 길어지면 투수는 어깨를 식히지 않기 위해 벤치 앞에서 가벼운 워밍업 피칭을 시작합니다. 공부를 시작하기 전에 책상을 정리하는 것도 야구에서 가벼운 워밍업을 하는 것과 마찬가지로, 마음의 준비 운동을 하는 것입니다.

이런 준비 운동을 한 뒤에는 공부의 엔진이 완전히 작동하기 시작하고 능률이 부쩍부쩍 오릅니다.

그러나 어느 정도 시간이 경과하면 싫증과 피로가 겹쳐 능률이 조금씩 떨어지는게 일반적입니다.

이런 때는 잘 살펴 적당하게 휴식을 취하면 다시 엔진이 회전하면서 능률이 오릅니다. 하지만 여기서 어려운 것은 이 휴식 시간의 길이입니다. 너무 짧으면 피로가 회복되지 못해 휴식이 능률 향상으로 연결되지 못합니다. 또 휴식이 너무 길면 멘탈세트가 무너지고 맙니다. 다시 워밍업부터 시작해야 하기 때문에 오히려 능률을 떨어뜨리고 마는 것입니다.

멘탈 세트를 무너뜨리지 않기 위해서는 휴식 시간이 너무 길어지지 않도록 주의해야 합니다. 휴식 시간은 10분을 표준으로 하면 좋을 것입니다.

 명언 한 마디!

• 다시 한번이라는 어리석은 말을 내게는 하지 말라.

- 미라보

공부 도중 주의가 산만해질 때는 창 밖의 '한 점'을 응시하라

77

여러분들도 모두 알고 있듯이 사람에게 최면을 걸 때는 그 사람의 눈앞에 추를 흔들고 주시하라고 말하면서 천천히 최면으로 유도합니다. 이것을 '응시법(凝視法)' 이라고 하는데, 인간은 임의의 물체를 응시하면 시야가 좁아져 의식이 작용하는 범위도 좁아진다는 원리를 이용한 것입니다. 그에 따라 의식을 하나의 대상에 집중하기가 쉬워지고 보다 쉽게 최면 상태로 유도할 수가 있기 때문입니다.

이 방법은 최면술뿐만 아니라 공부에도 응용할 수 있습니다. 즉, 공부 도중에 마음이 집중되지 않고 주의가 산만해져 더이상 공부에 전념할 수 없을 때 임의의 대상을 오랫동안 응시하는 것입니다. 그렇게 하면 확산되었던 의식이 모아지게되면서 공부에 집중하기 쉬운 상태가 됩니다.

응시할 물건은 어떤 것이라도 좋습니다. 창 밖으로 보이는 버스 정류장도 좋고 방 한구석의 오디오도 좋습니다. 하지만 가능한 한 눈의 피로를 푼다는 의미에서 멀리 있는 것을 택하는 것이 좋을 것입니다.

휴식 시간에도 기분을 전환하는 데는 이 방법이 매우 효과적입니다. 공부 시간과 휴식 시간은 가능한 한 명확하게 구분하는 것이 좋습니다. 그러므로 공부 도중에는 눈앞에 있는 공책이나 참고서, 휴식 중에는 멀리 있는 대상으로 시선을 완전히 분리시킴으로써 기분을 일신할 수 있습니다.

Key Point

집중이 안 될 때는 '응시법'을 통해서 집중력을 키우세요.

창 밖의 '한 점'을 응시한 후에는
자질구레한 점까지 떠올려라

78

베이브 루스는 미국 메이저 리그의 불세출의 홈런 타자로서 그 명성이 오늘날까지 전해오고 있습니다. 그에게는 영웅이라는 칭호에 어울리는 전설적인 일화가 많이 있는데, 그 중에서도 타석에 들어섰을 때 집중력을 높이기 위해 그가 개발한 훈련법이 상당히 흥미롭습니다.

전성기의 그는 배트를 휘두르기 전에 투수가 던진 공의 실밥을 확실히 볼 수 있었다고 합니다. 보통 사람에게는 절대 불가능한 것을 그는 어떻게 볼 수 있었을까요? 요컨대 실밥이 보일 정도로 그의 집중력이 높았다는 것을 말해주는 예입니다. 그가 개발한 집중력 훈련법은 다음과 같은 것이었습니다.

그는 매일 턴테이블에 레코드 판을 올려놓고 그것을 응시하는 습관을 길렀습니다. 처음에는 판의 회전에 집중이 되지 않았지만 날이 거듭되면서 판의 회전이 점점 늦어지는 것 같은 느낌이 들기 시작했습니다. 그러던 어느날 결국 판의 중앙에 있는 곡명을 읽을 수 있게 되고 마지막에는 인쇄된 문자 전부를 판독할 수 있게 되었다고 합니다.

이것은 앞에서도 소개한 바 있는 집중력 훈련법 중의 하나인 '응시법'이라고 할 수 있습니다. 자기 최면의 응용이라고도 할 수 있는 방법인데, 공부나 일을 시작함에 있어서 먼저 잠시 동안 임의의 한 점을 응시하는 것입니다. 눈앞의 물건을 시력으로 으스러뜨린다는 기분으로 한 점을 응시합니다. 이렇게 사물에 시선을 몰입시키면 의식이 극히 좁은 범위로 서서히 조여들고 정신을 통일시킬 수 있게 됩니다. 즉, 시야를 극도로 좁은 부분으로 한정시킴으로써 심적인 에너지를 높여 집중력을 증가시키는 것입니다. 이 응시법은 공부에도 응용할 수 있습니다.

미국의 어느 기억술 훈련 학교에서 행하고 있는 집중력 훈련법도 바로 이 효과를 응용한 것입니다. 먼저 주변에 있는 만년필, 지우개 등 작은 물건들 중에서 하나를 선택합니다. 그것을 지겨워질 때까지 응시하고 난 다음에는 눈을 감고 그때까지 보았던 것을 머릿속에 그려보는 것입니다. 이때 단지 형태만을 재현하는 것이 아니라 그것이 만년필이라면, 색, 길이, 장식이나 모양, 실제로 사용하고 있을 때의 모습까지 머릿속에 그립니다. 만년필이 끝나면 다음에는 다른 물건으로 넘어가서 같은 훈련을 반복합니다. 이 훈련을 짧은 시간이라도 좋으니 매일 의무적으로 하다 보면 집중력이 점점 높아진다고 합니다.

처음에는 8초 이상 응시하기가 힘들지만 훈련을 거듭하면 3~4분까지 가능해진다고 합니다. 단지 응시하는 것만이 아니라 응시한 물건을 정확하게 회상해 냄으로써 한층 집중력을 기를 수 있습니다. 이 집중력 훈련법은 장소와 시간에 제약이 없기 때문에 어디서나 간단하게 할 수 있습니다. 지하철 안에서 다른 사람이 들고 있는 물건을 이용하는 것도 좋은 방법입니다. 매일 다른 물건으로 훈련을 거듭하면 좋은 결과를 얻을 수 있을 것입니다.

방의 불을 끄고 스탠드 불빛만으로 공부해 본다.

다른 문제에 눈이 가지 않도록, 지금 풀고 있는 문
제 이외에는 종이로 가린다.

집중이 안 될 때는 공부 순서나
스케줄을 단호하게 바꿔라

79

취약과목을 정복하기 위해 하루 종일 한 과목만 공부하는 학생이 많이 있는 듯합니다. 가령 영어 과목을 예로 들면, 단어와 작문을 적당히 섞어서 공부하는 것은 좋지만 개중에는 한 과목, 한 분야에만 하루 종일 매달리는 학생도 있는 것 같습니다. 단언하건대, 이런 단순한 공부법은 집중력을 잃기에 가장 좋은 방법입니다.

'싫증'을 유발하는 요인 가운데 '같은 작업을 같은 식으로 반복하는 것'이 있습니다. 그렇다면 단순한 작업이 아니면 싫증이 생기지 않느냐 하면 그것은 결코 아닙니다. 아무리 복잡한 작업이라 해도 그것을 하는 도중에 반드시 패턴이 생겨 그것이 싫증을 불러일으키게 됩니다.

패턴이란 바꿔 말하면 '익숙함'이라고 할 수 있습니다. 공부가 아무리 술술 잘 되더라도 작업 자체가 일정한 수준에서 더이상 진척되지 않으면 정신적 긴장이 약화됩니다. 즉, 단순한 것이든 복잡한 것이

204

든 모두, 순서나 스케줄을 바꿔 자극을 주지 않으면 빠르든 늦든 싫증
나게 마련이라는 점에서는 변함이 없습니다.

물론 순서를 바꿈으로써 일시적으로는 능률이 떨어질지도 모릅니
다. 하지만 스케줄을 변경함으로써 색다른 느낌이 들고 새로운 심리
적 긴장감이 생겨 이 긴장감이 집중력의 지속과 연결됩니다.

집중력을 잃었다고 생각되면 다른 과목으로 바꿔보는 등 순서나
스케줄에 변화를 모색해 보십시오.

잠깐 쉬어가자!!

• 피곤을 느낄 때

몸이 아주 피로할 때나, 왠지 기분이 좋지 않을 때에는 온 몸에서 힘을 빼고, 지
금까지 하지 않았던 몸짓, 즉 흐느적거려 본다거나, 위로 뻗쳐 본다거나, 아니면 뒹
굴어 본다거나, 펄쩍펄쩍 뛰어 본다거나 하는 운동을 하도록 한다.

그 다음에는 두 손의 손가락 끝에 힘을 넣고 쭉 뻗치는 동작을 교대로 하면 몸이
상당히 가벼워지고 머리도 맑아진다.

배가 고파지면
공부를 멈추고 배를 채워라

80

배가 고프면 전쟁을 할 수 없다는 말이 있습니다. 반대로 배가 너무 불러도 싸움을 할 수 없습니다. 모두 일리 있는 말입니다. 집중해야 할 때는 배가 고픈 편이 좋을까요, 배가 부른 편이 좋을까요?

동물에게 며칠 동안 먹이를 주지 않으면 수면 시간이 짧아지고 불안해합니다. 매일 규칙적으로 식사를 하는 인간의 경우에는 공복감에 의해 초조함이 더욱 강하게 나타납니다.

공복감은 '뇌간 망양체(腦幹網洋體)'라는 조직을 통해 대뇌에 전달됩니다. 공복감이 신경의 집합소인 뇌간 망양체를 통과함으로써 신경 세포가 흥분합니다. 즉, 정신이 긴장 상태에 들어가는 것입니다. 하지만 이럴 때는 안심하고 잠들 수가 없습니다. 신경이 과민해져 불안감도 생기기 쉽기 때문입니다. 도저히 싸움할 수 있는 상태가 아닙니다. 또 불안감이 심해지고 초조해지기 때문에 사소한 일에도 화를 내곤합니다. 바꿔 말하면, '자극에 대한 반응의 각성 수준(覺醒水準)'이 높아진 상태'라고 할 수 있습니다.

　배를 비운 채 공부를 하면 그때까지 의
식하지 못했던 사소한 소리가 귀에 거슬리
게 됩니다. 이상하게도 낮에는 아무렇지도 않
게 흘려들은 엄마의 말이 뇌리에 되살아 나기
도 합니다. 이렇게 되면 이제 공부는 완전히
들렸습니다. 아무리 책을 뚫어져라 처다보아도
집중력이 생기지 않습니다. 모든 것이 공복감 때문
에 초래된 것입니다. 이럴 때는 밥을 먹으면 됩니다. 천천히 밥을 먹
으면 자연히 마음이 차분해집니다. 공복감이 해결되면 신경의 흥분이
사라짐과 동시에, "밥을 먹었으니 다시 공부할 수 있겠다."는 의욕이
솟아오릅니다. 식사는 일종의 자기 암시 역할을 할 수도 있는 것입니
다.

Key Point

> 배가 고픈 상태에서 공부를 하면 신경이 예민해지고 잡념이 늘어 집중력을 방
> 해합니다.

공부에 집중하고 싶으면
잡음 하나 없는 방은 피하라

아무리 공부에 집중하고 있는 경우라 해도 완전히 제거할 수 없는 것이 잡음입니다.

소리는, 일반적으로는 집중을 방해하는 것이 대부분입니다. 누구나 어떤 일에 집중해야 할 때는 가능한 한 조용한 환경을 만들고자 합니다. 하지만 의외로 거의 완벽한 방음 상태, 또는 소리 하나 들리지 않는 정숙한 환경에 있을 때는 이상적인 집중조건이 갖추어진 듯이 보이지만 오히려 집중이 안 되는 경우가 있습니다.

청각 실험을 위해 두꺼운 방음벽에 둘러싸인 방에 들어간 피험자는 그 안에서 어떤 심리 상태에 있을까요? 뭔가에 집중해 마음 편히 일을 할 수 있는 상태와는 전혀 거리가 멉니다. 오히려 자기가 내뱉는 숨소리, 심장 고동까지 들리고 귓속이 찡하고 아픈 듯한 느낌이 든다는 체험담도 있습니다. 좁고 사방이 둘러싸인 실험실 안을 평소의 공부방과 똑같이 생각할 수는 없지만 하나의 전형적인 예로서는 참고할 수 있을 것입니다.

우리는 어떤 일에 집중하려 할 때 스스로 마음의 벽을 치고 일종의 자폐상태(自閉狀態)를 만듭니다. 이것은 집중을 방해하는 여러 가지 물리적 자극을 차단하려는 것임과 동시에 이리저리 흩어지기 쉬운 마음을 닫아 한 가지 문제에 마음을 모으기 위한 것입니다. 따라서 어느 정도의 소음이 있는 장소에서 그 소음으로부터 자신을 지키기 위한 자폐 상태를 만들어 내는 것은 그 자체로 한 가지 문제에 집중하는 마음가짐과도 연결됩니다. 지나치게 조용한 장소에서 집중하기 힘든 경우가 생기는 것은 이런 자폐 상태, 소음에 대한 방어벽이 마음에까지 연장된채 마음대로 돌아다니기 때문이라고 생각할 수 있습니다.

소리뿐만이 아니라, 혼자 있다는 불안과 쓸쓸함이라는 요인도 무시할 수 없습니다. 커다란 강당 같은 곳에서 혼자서 책을 읽는다고 생각해 보십시오. 차분하게 독서에 열중할 수 있는 사람은 없을 것입니다.

지하철처럼 사람이 많은 장소에서 오히려 집중이 잘 되는 것은 이것과는 대조적입니다. 서로 전혀 관심을 보이지 않는 사람들의 존재는 마치 적당히 귀를 자극하는 소음과 같은 것이라고 할 수 있습니다.

요컨대 여기서 제가 말하고 싶은 것은, 집중을 위해 조용한 환경이 필요한 것은 당연한 일이지만 지나치게 조용한 환경은 오히려 집중에 방해가 될 수도 있기 때문에 이 문제에 지나치게 연연하면 역효과를 불러일으킬 수 있다는 점입니다. 인간은 어느 정도의 소음이 있는 경우에 오히려 더 차분해지는 일면도 갖고 있습니다. 이런 점에 먼저 유념하면 소음에 대해 신경 과민이 되는 것을 방지할 수 있습니다.

그래도 소음에 신경이 쓰인다면, 단순한 얘기지만, 귀마개를 하는 것이 가장 원시적이면서도 손쉬운 방법입니다. 혹은 마스킹(masking) 효과라고 해서, 기분 좋은 음악을 들음으로써 소음에 신경을 쓰지 않도록 하는 방법도 있습니다.

음악에는 소음의 마스킹 효과 이외에도 마음의 긴장을 푸는 적극적인 효과도 있습니다.

82 '몇 시까지 할까' 보다는 '무엇을 어느 정도 할까'를 생각하라

아무리 시간이 있어도 부족하다는 생각이 앞서는 시험 직전이 되면 공부가 바야흐로 시간과의 전쟁이 됩니다.

그래서 옆에 시계를 놓고 '앞으로 30분, 앞으로 15분……' 하며 스스로에게 말을 하는 학생도 적지 않을 것입니다. 그런 심정을 이해하지 못하는 바는 아니지만 이런 경우에는 시계가 '신(神)'이 되어 버리기 쉽습니다.

즉, 확실히 기억하고 문제를 푸는 힘을 기른다는 공부 본래의 목적은 어딘가로 사라져 버리고, 몇 시간 공부해야 한다는 것이 목적이 되고 마는 것입니다. 이래서는 본말 전도에 지나지 않습니다.

수험 공부에서는 짧은 시간에 얼마나 집중해서 능률을 높일 수 있는가가 최대의 관건입니다. 집중이 결여되면 책상에 아무리 오래 앉아 있어도 의미가 없습니다.

정말로 집중해서 공부한다면 시계의 움직임 따위는 전혀 눈에 들어오지 않을 것입니다. 이럴 때는 공부 도중 고개를 들어 시계를 보았을 때 "벌써 시간이 이렇게 되었나?" 하는 느낌이 듭니다.

역으로 말하자면, 시간에 신경을 쓰고 있는 동안에는 아직 집중이 모자란다는 뜻입니다. 수험 공부는 시간이 아니라 집중력으로 관리하십시오. 이것이 철칙입니다.

Key Point

시간에 신경을 쓰는 것은 아직 집중이 모자란다는 뜻입니다.
시간이 아니라 집중력으로 관리하십시오.

미국 뉴욕 근처' 뉴저지의 통행세를 받는 징수원인 스튜워트 포그는 '어떻게 하면 다른 사람을 도울 수 있을까?' 라고 생각하는 사람이었습니다.

하루 종일 좁은 공간에서 어렵게 근무하는 포그였지만 그의 얼굴엔 늘 웃음이 떠나질 않았습니다.

어느날 포그는 자신이 쉽게 남을 도울 수 있는 방법을 발견했습니다.

25센트 동전을 넣어야 톨게이트를 통과할 수 있는 곳에서 한 운전자가 지갑을 집에 놓고 나와 쩔쩔매고 있었던 것입니다. 그 운전자의 자동차 뒤에는 많은 차들이 줄지어 기다리고 있어 진퇴양난의 상황이었습니다. 포그는 빙그레 웃으며 자신의 주머니에서 동전을 꺼내 그때까지도 어쩔 줄 모르고 당황하고 있는 운전자에게 25센트를 빌려주었습니다.

그 일이 있은 후 포그는 25센트짜리 동전을 많이 준비해 두었다가 곤경에 빠진 운전자들을 구해주곤 했습니다. 나중에 돈을 갚으며 고맙다는 말을 전하는 사람들도 있었지만 그렇지 않은 사람들도 많았습니다. 그러나 포그는 그런 것에는 전혀 신경을 쓰지 않고 즐거운 마음으로 동전 빌려주는 일을 계속해 나갔습니다.

그러던 어느날 한 신사가 톨게이트에 와서 통행세를 내려고 지갑을 찾았습니다. 아무리 찾아도 지갑이 없어 당황해하는 신사를 보고 포그는 재빨리 그에게 자신이 준비해 두었던 동전을 건네주었습니다. 신사는 무사히 톨게이트를 통과할 수 있었습니다.

며칠 후 엘리자베스 은행 부사장으로부터 한 통의 편지가 날아왔습니다.

내용은 25센트를 대신 내주어 감사했다는 인사와 함께 은행의 금전출납계원으로 포그를 채용하고 싶다는 것이었습니다.

포그는 사양했지만 부사장의 끈질긴 설득에 그만 승낙하고 말았습니다.

그후 포그는 친절하고 남을 돕기로 정평이 자자한 엘리자베스 은행에 근무하여 남을 도울 줄 아는 훌륭한 출납계원으로 즐거운 하루하루를 보내게 되었습니다.

6장
방심을 추방하는 쇼킹 집중방법

버스나 전철을 기다리는 자투리 시간에 공부하라.
꼭 하고 싶은 공부가 있을 때는 친한 친구의 유혹도
거절하라 등
방심하고 나태해지기 쉬울 때 집중할 수 있는
집중방법을 소개한다.

83

버스나 전철을 기다리는
'자투리 시간'에 공부하라

매우 바쁜 저명 인사들이 잡지 연재 기사를 의뢰받았을 때 어떻게 그것을 처리하는가 하면, 원고의 대부분을 공항의 대합실이나 강연 직전의 휴게실, 비행기나 열차 안에서 해결합니다. 작고한 자각 하나토코 바고(花登)씨가 이런 전형적인 '이동집필(移動執筆)' 형이었다고 합니다. 그는 회사원들이 들고 다니는 것 같은 가방 안에 항상 원고용지를 넣어 가지고 다니면서 조금만 시간이 나면 차 안에서도 글을 썼다고 합니다. 쓸모없는 자투리 시간을 이용하는 명수라고 할 수 있겠습니다. 뭘 하기에는 어중간한 시간이 생길 경우 사람들은 "이런 자투리 시간에는 어차피 중요한 일은 할 수 없다."고 생각하기 쉽습니다. 하지만 명인들은 그렇게 생각하지 않습니다. 그들은 "200자는 쓸수 있지 않을까?"하는 식으로, 시간을 헛되게 보내기는 너무 아깝다는 생각을 하는 것입니다. 공부도 마찬가지입니다. 이렇게 작은 시간을 모으면 의외로 큰 시간이 됩니다.

집중이 잘 안되고 금방 주의가 산만해지는 학생들에게 있어서는 이렇게 어중간한 시간보다 활용하기 좋은 것은 없습니다. 아무리 못해도 5분 정도는 집중을 지속할 수 있을 것이고, 5분 정도라면 싫증을 느끼지 않을 것이기 때문입니다.

사실, 우리 일상 생활에서는 뭔가를 기다리는 시간이 많습니다. 버스나 전철을 기다리고, 목적지에 도착할 때까지 기다리고, 수업이 시작되기를 기다리고, 만나기로 한 사람이 오기를 기다리고, 식사가 나오기를 기다리고⋯⋯. 이런 모든 시간을 합하면 한두 시간은 족히 될 것입니다. 이 모든 시간을 모두 활용할 수 있다고는 할 수 없지만 적어도 전철을 기다리거나 약속한 사람이 오기를 기다리는 시간은 공부에 할애할 수 있습니다.

이것을 실천하는 데 있어서 중요한 점은, 세부 계획을 명확하게 설정하는 것입니다. "전철을 기다리는 동안 영어 단어를 한 개 외운다."든가 혹은 "친구를 기다리는 동안 시를 한 편 읽는다." 식으로 말입니다. 이렇게 사소한 것들을 반복하다 보면 '작은 집중'이 종국에는 구체적인 형태를 띠게 됩니다. 이렇게 되면 앞에서 언급한 이외의 자투리 시간에도 거의 조건 반사적으로 주머니의 단어장에 손이 가게 되는 것입니다.

집중술이라고 하면 오랜 시간 집중을 지속하는 방법이라고 생각하는 학생이 많습니다. 하지만 진정한 의미의 집중이란 시간

과는 거의 관계가 없습니다. 작업 전체는 무수히 많은 세부 목표로 구성되어 있습니다. 눈앞의 작은 목표를 열심히 해나가다 문든 고개를 들어보니 벌써 예정한 시간만큼 공부를 했구나 하고 느끼는 것이 바로 집중의 오체입니다. 작은 시간이라도 낭비하지 말아야 합니다. 공부에 대한 '방심'은 집중력을 잃는 원인이 됩니다. 이 장에서는 방심을 방지하는 집중방법을 소개하겠습니다.

Key Point

공부에 대해 좋은 이미지를 갖도록 하세요.
공부를 고통으로 생각한다면 공부에 대한 자신감과 의욕은 다시 찾을 수 없게 될지도 모릅니다.

공부에 열중하고 있을 때는
잡념을 버리고 공부만 생각하라

84

프로야구팀 야쿠르트 스왈로즈의 감독인 노마라(野村)씨의 저서 『적은 우리 안에 있다』를 읽다 보면 눈이 번쩍 뜨이는 에피소드가 많아 감탄을 자아냅니다. 그 중에서 노무라 감독이 난카이 호크스 팀의 감독을 맡고 있던 시절, 대타 전문 요원으로 활약하던 한 선수에 대해 쓴 부분이 특히 흥미롭습니다.

이 선수는 어떤 상황에서 기용되어도 조금도 기가 죽지 않고 태연한 표정으로 타석에 들어가는데, 안타를 쳐도 기쁜 표정을 짓지 않고 실패를 해도 별로 미안해하는 기색이 없었다고 합니다. 담담하게 벤치를 나서고 담담하게 돌아가는 것입니다. 긴장은 되지 않는지, 어떤 마음으로 타석에 들어가는지를 궁금하게 여긴 노무라 감독은 그 의문을 선수 본인에게 물어보았습니다. 그 선수는 이렇게 대답했다고 합니다. "감독이 나를 대타로 선택한 데는 나름대로의 이유가 있다. 즉, 내가 타석에 들어섰을 때의 결과는 결코 내 책임이 아니다. 안타를 치지 못하면 선수를 잘못 고른 감독이 실패한 것이고 결과가 좋으면 감독이 옳은 선택을 했다는 것이 된다. 나는 대타로 지명된 순간부터 그렇게 결론을 내린다."

노무라 감독은 이 선수의 말을 다음과 같이 해석했습니다. 결과는 감독의 책임이라고 생각함으로써, 안타를 치지 못하거나 기대에 부응하지 못하면 어쩌나, 하는 의식을 버렸다는 것입니다. 대타로서 어떤 스윙을 해야 좋을까 하는 것 이외에 이것저것 결과를 생각하면 일구일구에 전력을 집중할 수 없게 됩니다. 그 선수는 자기 자신을 그 상황에서 제3자적인 입장에 놓음으로써 투수의 공에 집중하는 힘을 길렀다고 할 수 있습니다.

이 일화는 정말 시사해 주는 바가 많습니다. 학생 여러분들도 공부를 할 때, 시험 결과가 나쁘면 어떻게 하나, 부모님이 꾸중을 하시지는 않을까 하는 잡념이 떠올라 불안해지고 초조해져서 공부에 집중하지 못하는 경우를 경험했을 것입니다. 이럴 때는 앞에서 말한 그 선수처럼, 자기를 그 상황에서 제3자적인 위치에 놓고 생각해 봅시다. 좋은 결과나 나올까 하는 초조함을 머릿속에서 버리면, 즉 자기의 공부에만 철저하면 시험에 대한 집중력은 저절로 높아지게 되어 있습니다.

"공부에 집중해야 한다."고 스스로 부담을 지우면, 결과를 포함해서 모든 것이 자기의 책임이라는 생각에 빠지기 쉽습니다. 결과를 지나치게 의식하면 반대로 공부가 잘 되지 않고 집중할 수 없는 경우가 흔히 있습니다. 이에 비해 제3자적 입장에 서면 불필요한 압박에서 해방될 수 있습니다. 이렇게 해서 공부 그 자체에 집중하게 되면 결과도 만족스러워지는 것은 당연한 일입니다.

220

꼭 하고 싶은 공부가 있을 때는
친한 친구의 유혹도 거절하라

85

친구 관계는 학교 생활에 있어서 빠뜨릴 수 없는 요소입니다. 특히 힘든 시험 기간 중에는 격려를 받고 용기를 얻기도 하는 등 친구가 마음의 의지가 되는 경우도 적지 않습니다.

하지만 이런 친구 관계는 어떤 일에 집중해야 할 때는 방해가 되기도 합니다. 친구에 대한 마음이 잡념의 원인이 되는 것입니다.

공부에 깊이 열중하고 있을 때는 다른 사람이 불러도 듣지 못할 정도가 됩니다. 이 정도가 되면 진정한 집중이라고 할 수 있습니다. 하지만 이럴 때 친구에 대한 생각이 마음속에 있으면 사소한 유혹에도 곧바로 반응하고 맙니다.

혹은 말을 거는 사람이 없어도 신경이 뭔가에 대해 안테나를 올리고 있기 때문에 주변 사람들의 말이나 움직임에 민감해집니다. 물론 친구의 전화조차 무시할 필요는 없지만, 무슨 일이 있어도 꼭 해야 할 일이 있을 때는 사회적 적응을 무시할 수 있을 정도의 마음가짐이 필

221

요합니다.

사회적 적응을 무시한다는 것은, 영화를 보러 가자는 권유를 거절한다든가, 집에 가는 길에 오락실에 들르자는 말을 들어도 오늘은 일찍 집에 가야 한다고 거절하는 것을 말합니다. 이런 유혹에 빠져서는 공부에 열중할 수가 없습니다.

집중을 방해하는 것이라면 일단 거부한다는 정도의 각오를 갖고 시작해 봅시다. 그날그날의 목표를 완수하기 위해서는 누가 무슨 말을 하더라도 이런 태도를 견지하겠다고 스스로 마음을 굳게 가집시다. 즉, 자기 마음 속에 일정한 심리적 틀을 짜고 거기에서 벗어나는 부분은 과감하게 잘라 버리는 것입니다. 이것이 가능해지면 아무리 주위에서 놀자고 유혹해도 의연할 수 있게 됩니다.

친구의 시선을 의식하지 않고 오직 내 길만을 가겠다는 것은 무척 어렵습니다. 스스로도 저항감을 느낄 수 있거니와, 이렇게 하면 친구가 어떻게 생각할까, 이렇게 말하면 친구가 섭섭하다는 생각을 하지나 않을까 등, 항상 다른 사람의 생각을 염두에 두게 되어 한 가지 일에 절대 집중할 수 없습니다.

친구 관계를 일시적으로 희생하더라도, 그 친구는 언젠가는 "아, 그래서 그랬구나." 하고 결과를 보고 이해해 줄 것입니다.

86 의욕이 사라지려 할 때는
합격했을 때의 '보상'을 생각하라

권투 선수가 시합 전 수개월 동안, 가혹한 체중 감량을 감수하는 것은 잘 알려져 있습니다. 그들이 그런 고통을 극복하는 진정한 동기가 영광의 챔피언 벨트를 손에 쥐는 것임은 당연하지만, 감량도 극한에 달하면 본능적인 욕망이 몸을 지배하게 된다고 합니다.

감량 중에는 한 모금의 물을 마시는 것도 허락되지 않고 마지막에는 뼈의 수분까지도 짜내는 정도의 고통이 따릅니다. 이 정도에 이르게 되면 한 컵의 물이 억만금의 보물처럼 생각된다고 합니다.

전에 저는 은퇴한 전 챔피언이, 체중 감량 중에는 "억만금이 쌓여 있어도 물 한 잔이 더 마시고 싶다. 수세식 변소의 물이라도 마시고 싶다."고 말한 것을 어느 잡지에서 읽은 적이 있습니다. 이 정도라면, 링 위에서의 극도의 집중력은 시합 후에 마실 한 잔의 물이라는 '보상'에 의해 생기는 것이라고 해도 과언이 아닐 것입니다.

권투 정도는 아니더라도, 이 '한 잔의 물'은 공부에 대한 집중력을

223

높이는 데도 커다란 효과를 발휘합니다.

　아무리 열심인 수험생이라도 때로는 도저히 공부가 하기 싫고 의욕이 생기지 않는 날이 있습니다. 그럴 때는, 이 공부가 끝나면 한 숨 돌리자, 커피를 한 잔 마시자고 스스로에게 일종의 ‘보상’을 설정하는 것이 힘든 공부에 기력을 불어넣는 원동력이 될 수 있습니다. 이런 즐거운 보상을 생각하면서 작업의 능률을 높이는 것을 심리학에서는 ‘보상 효과’라고 합니다.

　보상 효과란, 일에의 의욕을 높이기 위한 ‘외적 동기 부여’와 같은 말입니다. 하지만 개중에는 커피 정도로는 집중력이 높아지지 않는 학생도 있을 수 있습니다. 이런 학생은 보상의 내용을 가능한 한 구체적으로 상상해 보는 것도 좋은 방법입니다. 음악을 즐기는 학생의 경우, 시험에서 어느 점수 이상의 성적을 올리면 오디오를 한 대 마련해 준다는 약속을 부모님과 맺는다고 합시다. 이 경우 단순히 오디오라고 하면 종류가 너무 다양하므로, “어느 회사의 어느 모델, 색상, 스타일은…….”이라는 식으로 보다 구체적인 이미지를 떠올려 보는 것입니다. 자기가 그 앞에서 좋아하는 작곡가의 명곡을 감상하는 모습을 상상해 보는 것도 좋습니다. 그러면 괴로운 시험이 끝난 뒤의 보상이 눈앞에 눈부시게 펼쳐질 것입니다. 이렇게 되면 보상의 가치는 더욱 높아지고 보상 효과가 보다 확실해집니다. 보상이 구체적일수록 또 실현 가능성이

높을수록 집중력도 높아집니다.

앞에서 언급한 권투 선수의 경우에도, 매일 한 컵의 물을 생각하다 보면, 그 물을 마실 때의 쾌감은 물론 물을 담은 컵의 크기나 모양을 머릿속에 떠올리게 되고, 마지막에는 수도 꼭지를 비트는 자기 모습에까지 생각이 미친다고 합니다. 이처럼 이미지가 구체성을 더하면 더할수록 괴로운 체중 감량이라는 작업을 극복하고 시합에 임하는 집중력이 높아지는 것입니다.

명언 한 마디!

• 하나의 훌륭한 머리가 백 개의 강한 손보다 낫다.

- 풀 러

87

흥미없은 과목은 "몇 시까지"로 시간을 정해놓고 시작하라

제가 친하게 지내고 있는 작가 중에 원고 마감을 확실히 지키는 것으로 편집자들에게 평판이 좋은 사람이 한 명 있습니다. 젊었을 때 책상에 앉아 끙끙대던 모습을 자주 보았던 저는 그가 상당히 붓이 빠른 사람이라고 느꼈었습니다. 그런데 어느날 그를 만나서 이야기를 나누던 중 의외의 고백을 듣게 되었습니다. 그의 이야기는 다음과 같았습니다.

"신인 시절에는 원고 의뢰가 들어오면 머리띠를 동여매고 그날부터 집필을 시작했는데, 어느덧 잘 팔리는 작가가 되고 나서는 별로 내키지 않는 원고도 승락하지 않을 수 없게 되었다. 이럴 때는 아무리 열심히 해도 하루에 두세 장밖에 쓰지 못하고, 어떤 날은 한 줄도 쓰지 못하는 경우까지 있었다. 그래서 나에게는 소설을 쓰는 재능이 없는 게 아닐까 비관까지 했다. 시간만 무심하게 흘러가도 드디어 마감 하루 전날이 닥쳤다. 다 쓰지 못했다는 말로는 편집자를 볼낯이 없다.

그 때 필사의 마음으로 원고지를 펼친 순간 희안하게도 거짓말처럼 붓이 저절로 미끄러지기 시작했다. 그 이후에는 내가 지닌 '불가사의한 힘'을 느끼고, 흥이 나지 않는 원고는 결코 무리하게 시작하지 않고 '언제까지' 끝낸다는 마감 시간만을 지키기로 했다."는 것입니다.

이것은 '마감 효과'를 최대한으로 이용한 예입니다. 의도적으로 자기에게 목표를 부과하는 것에 그치지 않고 시작 시간을 완전히 의식 밖으로 내던져 버린 것입니다. 우리들의 경험에서 보자면, 공부를 시작하는 시간보다는 끝나는 시간을 지키기가 더 쉽습니다. 그는 이렇게 끝나는 시간에만 중요성을 부여함으로써 흥미없는 원고도 마감 시간에 정확히 끝낼 수 있었던 것입니다.

공부에 있어서도, 몇 시까지라는 완료 시간을 정하는 경우와 그렇지 않은 경우는 능률에서 상당히 큰 차이가 납니다. 몇 시까지는 끝낸다는 것을 정확히 함으로써, 골치 아픈 문제를 상대하거나 취약 과목을 공부할 때도, 어떻게든 그 시간 안에는 끝내야겠다는 의욕이 솟아나와 집중할 수 있게 됩니다.

 부드러운 의자는 피하고 딱딱한 의자를 택한다.

 전철 안에서 공부할 때는 의자에 앉지 말고 선 채로 공부한다.

"XX대학에 합격한다."고 부모님이나 친구들에게 미리 말해두라

88

　무하마드 알리는 권투에는 문외한인 저도 이름을 알고 있는, 세계 헤비급 챔피언으로 오랫동안 군림한 전설적인 선수입니다. 그는 권투 실력뿐만 아니라 특유의 허풍으로도 많은 화제를 뿌린 것으로 잘 알려져 있습니다.

　로마 올림픽의 라이트 헤비급에서 우승해 금메달을 획득했을 때 그는 다음과 같은 에피소드를 남겼습니다.

　올림픽 경기를 관전하러 온 당시 세계 헤비급 챔피언 프로이드 피터슨의 모습을 발견한 그는, "피터슨, 내가 세계에서 제일 강하다. 언젠가는 당신을 혼내주고 말겠다."며 관중들 앞에서 공언했습니다. 피터슨은 "꽤 괜찮은 친구로군. 그 마음 변치 말게."라며 웃어 넘겼습니다.

　그러나 그로부터 5년 후인 1969년, 알리는 피터슨과 타이틀 매치를 벌여 5년 전 공언한 대로 KO승을 거두었습니다.

사람들은 5년 전 들었던 알리의 허풍이 눈앞에서 현실로 나타나는 것을 보고 아연 실색했습니다. 그 이후 알리는 허풍은 유명해졌습니다.

확실히, 알리가 최초에 피터슨에게 큰소리를 쳤을 때는 자타가 공인하는 허풍이었을지도 모릅니다. 그러나 그는 관중들 앞에서 당당히 그것을 밝힘으로써 스스로에게 확실한 목표를 부과하고 그후 그것을 목표로 노력을 거듭했던 것이 틀림없습니다.

이것은 '선언 효과' 라고 해서, 어떤 일을 달성하고자 하는 경우 본인이 의식하고 있지 않아도 상당한 효과를 올릴 수 있는 방법입니다. 이 '선언 효과' 를 수험 공부에 응용하면 집중력을 높일 수 있습니다.

예를 들어, "XX대학에 합격해 보이겠다."고 부모님이나 친구들에게, 공언하는 것입니다. 스스로에게 실패를 허용하지 않는 '배수의 진' 을 침으로써 필사의 잠재력을 끌어낼 수 있을 것입니다.

89

집중력이 사라지려 할 때는 라이벌의 얼굴을 떠올려라

　공부에 대한 의욕을 높이는 외적 동기 부여 중에, 그 목적을 달성했을 때의 보상을 설정하는 방법이 있음은 앞에서도 설명한 바 있지만 이와는 반대로 '라이벌'을 상정해 집중력을 높이는 방법도 있습니다.

　예를 들면, 누구에게든지 한 사람 정도는 절대로 지고 싶지 않은 라이벌이 있을 것입니다. 라이벌은 그가 힘겨운 상대일수록 자신을 더 강하게 해주는 예를 자주 볼 수 있습니다. 스포츠 세계를 예로 들면, 프로야구 요미우리 자이언츠의 나가시마 감독과 왕정치 선수처럼, 좋은 라이벌은 서로를 살찌우는 '거름'이 됩니다.

　강한 라이벌의 존재는 말할 필요도 없이 인간의 투쟁 본능을 강하게 자극하는 동시에, 상대에 꼭 이겨야 한다는 한 가지 목적에 마음을 집중시켜 무의식 중에 큰 힘을 이끌어 냅니다. 반대로 생각하면, 흥미 없는 과목, 취약 과목에 집중하는 데 이런 라이벌의 존재를 활용할 수 있습니다.

저는 중학교에 다닐 때 공부에 라이벌을 철저하게 활용했습니다. 사춘기였기 때문에 고민이 많은 시기였습니다. 사소한 일에 주의가 산만해지고 공부도 손에 잡히지 않았습니다. 그러나 다행스럽게도 저에게는 같은 고등학교에 시험을 치는 성적이 좋은 라이벌이 있었습니다. 당시의 중학생들은 검은 모자에 검은 망토를 입고 활보하는 고등학생이 되는 게 최고의 꿈이었습니다. 그래서 저는 제가 입학 시험에 떨어지고 그 친구만 합격해서 자랑스럽게 거리를 걷고 있는 모습을 상상해 보았습니다. 이런 단순한 공상만으로도 재미없는 공부에 집중할 수 있었던 것을 지금도 생생히 기억하고 있습니다.

단, 라이벌도 여러 가지 종류가 있어서 수험 공부의 경우에는 같은 분야에서 경쟁하는 라이벌이 필요합니다. 여자 친구를 놓고 으르렁거리는 연적(戀敵)이라면 오히려 역효과만 초래할 것은 말할 필요도 없습니다.

저의 경험에서도 볼 수 있듯이, 흥미없는 공부를 어떻게든지 하지 않으면 안 될 때는 라이벌의 얼굴을 떠올려 봅시다. 당연히 질 수 없다는 생각이 들 것입니다. 이때는 강력한 상대에게 이기고야 말겠다는 나중의 영광보다 패배했을 때의 자기의 비참함이 더욱 강하게 뇌리를 스치게 됩니다. 이것은 말하자면 집중력을 잃어 공부에서 성과를 올리지 못했을 때 받는 '라이벌'입니다. 라이벌의 얼굴을 떠올리는 것은 이렇게 공부의

232

배후에 '라이벌'을 상정함으로써 스스로에게 자극의 채찍을 주는 것입니다.

  아무리 공부 그 자체가 의의있는 것이라 해도 집중력을 발휘하는 것은 쉬운 일이 아닙니다. 이럴 때 그 때문에 받을 수 있는 불리함을 생각하면 자기의 감정을 자극할 수 있고 욕구를 북돋워 집중력을 발휘할 수 있게 됩니다. 또한 가공의 것이 아니라 현실감이 있고 자기에게 이해 관계가 깊은 것이라면 더욱 효과가 큽니다.

읽고나면 행복해지는
명언 한마당

행운은 눈먼 장님이 아니다. 대개 부지런한 사람을 찾아간다.

-조르주 외젠 뱅자맹 클레망소

 공부 중간의 휴식 시간은 10분을 넘지 않도록 한다.

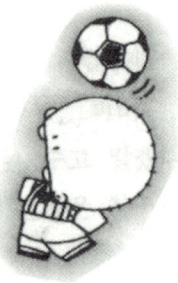

 냉난방 완비, 완벽한 밤참 등의 '빈틈없는' 환경은 피한다.

무조건 '좋은 대학'이 아니라 구체적으로 확실한 목표를 정하라

90

흥미없는 공부도 목표를 명확히 함으로써 집중력으로 연결됩니다. 아무리 의욕이 강하더라도 하고자 하는 목표가 확실하지 않으면 능률이 오르지 않을 것입니다.

앞에서도 소개했듯이, 프로야구 팀 야쿠르트 스왈로즈 감독인 노무라 씨의 책 『적은 우리 안에 있다』안에 다음과 같은 에피소드가 있습니다. 어느 타격 코치가 타석에 들어서는 선수들에게 다음과 같이 '지시' 했다고 합니다.

"저 투수는 오늘 컨디션이 좋다. 조심해라. 직구도 빠르고 커브도 예리하다. 포크 볼도 던질지 모른다. 조심해라."

노무라 감독이 볼 때 이것은 전혀 '지시' 라고 할 수 없습니다. 상대 팀 투수의 컨디션, 주자의 유무, 상대 팀의 수비 위치, 풍향, 구장의 넓이 등 다양한 요소에서 그날의 주요 공략 목표를 한 점으로 모으는 것이 코치의 역할입니다. 하지만 이 코치의 '지시'는 애매하기만 해서 오히려 타자들에게 혼란이 생기고 집중력을 높이는 데 방해밖에 되지 않을 것입니다.

노무라 씨는 감독으로서 게임 전개의 변화에 수많은 '지시'를 내려야 했습니다. 그때 그는 선수들에게 목표를 확실히 인식시키기 위해 구체적이고 명확한 지시를 내리려고 노력했습니다. 앞에서 언급한 타격 코치의 예를 들자면, "저 투수는 직구가 빠르니까 투 스트라이크까지는 커브를 집중적으로 공략하고 다른 공에는 손을 대지 마라."는 것이 적절한 지시라고 할 수 있을 것입니다.

이처럼, 큰 목표를 명확히 하는 것이 흥미없는 공부에 대한 내적 동기 부여의 제일보가 됩니다. 이것을 수험 공부에 응용하자면, 목표를 세울 때는 막연히 "좋은 대학에 들어가고 싶다."가 아니라, "XX대학에 들어가겠다."고 목표를 명확히 하는 것입니다. 이렇게 하면 합격해야겠다는 의지가 한층 깊어지고 집중력도 높아집니다.

책상에 앉으면 먼저 눈을 감고 주위의 소리에 귀를 기울여라

91

우리 인간은 오감을 통해 끊임없이 다양한 자극을 받아들이고 있습니다. 그 중 한 감각에 마음을 집중하고 있을 때는 다른 감각이 방해를 하면 극도의 심리적 안정을 잃어버리게 됩니다. 눈으로 글을 읽고 있는데 갑자기 이상한 소리가 들리면 애써 집중한 분위기가 흐트러지고 맙니다. 음악을 들을 때 빵 냄새가 나면 자기도 모르게 코를 킁킁거리게 됩니다. 이런 경험은 일상 생활에서 때때로 일어납니다. 역으로 말하면, 어느 특정한 감각에 의식을 집중하고 있을 경우에는 다른 감각은 일종의 마비 상태를 유지하는 게 바람직하다는 것입니다.

텔레비전에 열중하고 있는 아이들은 다른 모든 것을 완전히 잊어버리는 경우가 많습니다. 오감 중에 시각과 청각만을 최대한으로 발휘해 화면에 집중하고 그 나머지 감각은 일시적으로 완전히 마비시키고 있기 때문입니다. 이처럼, 한두 개의 감각을 철저하게 긴장시켜 다른 감각을 마비시킴으로써 집중력은 높아집니다.

눈이 부자유스러운 사람은 시각을 상실했기 때문에 다른 감각이 매우 민감합니다. 보통 사람보다 집중의 정도가 훨씬 강하기 때문입니다. 헬렌 켈러에게 주어진 감각은 촉각, 후각, 미각 세가지 뿐이었지만, 그녀는 일상 생활에서 보통 사람과 그리 차이가 나지 않았습니다. 이것은 그녀가 세 가지의 감각 기관을 최대한으로 집중할 수 있을때까지 훈련한 결과였습니다.

어떤 소리를 정확하게 듣고자 할 때 우리는 무의식 중에 눈을 감고 귀를 기울입니다. 모든 신경을 청각에 모으기 위한 것인데, 이처럼 하나의 감각 기관을 일시적인 가사 상태에 두면 자연히 다른 기관은 몇 배의 능력을 발휘할 수 있게 됩니다. 이것을 의식적으로 훈련하면 좋은 결과를 얻을 수 있습니다.

공부를 시작하기 전에 잠시 눈을 감고 청각만을 긴장시켜 봅시다. 평소에는 별 의미없이 귀에 들어오던 말소리나 잡음이 새로운 신선함을 동반하고 들려와 자기도 모르게 귀를 기울이게 될 것입니다. 혹은 눈을 감고 손으로 더듬으면서 책상 위나 서랍 안을 여기저기 만져봅시다. "이것은 연필이고 저것은 풀인데, 이 종이는 뭘까?"하는 식으로 스스로 묻고 대답하는 중에 의식은 손가락 끝으로 집중됩니다. 이와 동시에 강제로 가사 상태에 들어갔던 시각에도 강한 관심이 생겨납니다.

더이상 참을 수 없을 때에야 눈을 떠보면 신경이 매우 좁은 범위로 압축되어 있음을 알 수 있습니다. 즉 어느 한 기관을 평소 이상으로 사용함으로써 집중을 기할 수 있다는 것입니다. 그 감각을 간직한 채로 책을 펼치고 공부를 시작하면 높은 긴장도를 유지하고 집중할 수 있게 될 것입니다.

'선언 효과'란 자신이 정한 목표를 사람들에게 공언함으로써 자기 자신의 잠재력을 최대한 끌어내는 자기 최면 방법입니다.

92 놀 때는, 전력을 기울여 공부하고 있는 자신의 모습을 상상하라

공부를 할 때, 공부보다 더 괴로운 것은 없다고 생각한 경험은 누구나 있을 것입니다. 저 자신도, 때때로 슬럼프에 빠져 원고를 쓰고 강의를 하는 것이 이유 없이 힘들어질 때가 있습니다. 그런 고통을 느낄 때는 도무지 일에 집중할 수가 없습니다.

일단 공부를 고통이라고 생각하기 시작하면 이 나쁜 이미지를 떨쳐 버리기 어렵습니다. 공부를 앞에 두고 아무리 그것이 재미있다는 이미지를 회복하려 해도 눈앞의 책에 나쁜 이미지가 어른거리고 있기 때문입니다. 공부가 고통스러워 참을 수 없는 학생에게 책상이나 교과서를 앞에 두고 즐겁게 공부하는 모습을 상상하게 해보아도 무리입니다.

이것을 극복하는 데는, 공부를 떠나 실제로 즐거운 기분을 느낄 수 있는 장소에서 공부에 대해 좋은 이미지를 그려보는 것이 제일 좋은 방법입니다. 산책을 한다거나 아무 생각 없이 편한 마음으로 공원 벤치에서 경치를 감상하면서, 집에서 공부하는 자신의 모습이 얼마나 즐겁고 심리적으로 충실감으로 주는지, 공부가 얼마나 보람있는 것인지를 확실히 느껴보는 것입니다.

혹은 친구와 운동을 해서 마음 속에 쌓여 있던 울분과 불만을 발산하고 마음과 몸이 충만해 있을 때는, 책상에 앉아 공부하는 것도 충실감이 있고 즐거운 일이라는 이미지를 떠올리는 것이 쉬울지도 모릅니다.

오래 전에 상연된, 〈비탄의 천사〉라는 명화가 있습니다. 한 대학 교수가 우연히 만난 젊은 무용가에게 반해 교수직을 버리고 그녀를 따라 방방곡곡을 전전하지만, 최후에는 그녀로부터 버림을 받고 대학에 돌아가 다시 연구에 몰두하고 학생을 가르치다 교단에서 쓰러진다는 스토리였습니다.

그는 일의 단조로움에서 지쳐 정열의 분출구를 무용가와의 생활에서 구하려고 했지만 그 생활에 환멸을 느낌과 동시에 이전의 생활이야말로 진정한 마음의 충족을 줄 수 있다는 것을 깨닫게 됩니다.

인간의 심리란 그런 것입니다. 공부할 때는 노는 것이 생각나고, 놀기에 지치면 공부로 되돌아가고 싶어합니다. 그렇기 때문에 공부에 대해 좋은 이미지를 회복하고 다시 공부에 열중하기에는 놀때가 가장 좋습니다. 자기가 공부를 즐기고 있는 이미지를 품고, 그 이미지가 대뇌 회로에 확실한 인상을 심어주면 공부도 즐거운 마음으로 집중할 수 있게 됩니다. 슬럼프에 빠져 불안과 초조가 격화될 때는 특히 효과적인 방법입니다.

93 공부 도중 싫은 일이 생각나서
의욕이 없어지면 취미를 떠올려라

고(故) 미하라 오사 씨는 타이요 훼일즈 팀의 감독을 맡고 있던 시절 '마술사' 라는 별명을 갖고 있었습니다. 그런 그의 마술사적 기질을 잘 나타내 주는 에피소드가 하나 있습니다. 투수가 홈런을 맞고 쇼크를 받으면 그는 아무렇지도 않은 얼굴로 마운드에 올라가, "자네 오늘밤에 뭘 먹고 싶어?" 라든가, "그저께 포커 성적은 어땠어?" 라는 식으로, 홈런이나 피칭 내용과는 아무 관계도 없는 것을 이야기하곤 했다고 합니다. 투수가 의아한 표정을 짓는 것은 당연할 것입니다. 그 순간 그 투수는 쇼크에서 벗어나게 됩니다.

승부사라고 불리는 사람들은 펀치에 몰렸을 때 자기를 컨트롤하는 능력이 뛰어납니다. '글렀다' 고 느낀 직후에는 완전히 다른 일을 생각해 냅니다. 물론 표정을 바꾸지 않는 훈련도 합니다. 생리학적으로 말하자면, 다른 일을 생각함으로써 대뇌 신경세포의 흥분을 다른 흥분으로 치환시켜 그때까지의 흥분을 진정시키는 것입니다. 그 결과

충격은 점차 약해지고 다시 본래의 집중력을 회복할 수 있게 됩니다.

여러분, 충격으로 인해 집중이 흐트러질 때 이런 방법을 활용해 보면 어떨까요?

끔찍한 일이 기억나거나 자신감을 잃을 때, 공부 도중 갑자기 충격을 받는 경우가 있습니다. 강한 충격은 의식 속에서 그때하고 있던 공부와 밀접하게 연결(결부)합니다. 따라서 충격에 의해 중단된 공부를 다시 시작하려 해도 눈앞의 공부가 충격과 연결되어 있기 때문에 좀처럼 집중 상태를 회복할 수 없습니다.

이와 동시에 충격을 받은 사람은, 앞에서 말한 홈런을 맞은 투수와 마찬가지로 신경 세포가 비정상적으로 흥분해서 눈앞의 캄캄해지고 극도의 긴장 상태에 빠지기 때문에, 어떻게 해야 좋을지 대책을 세울 수 없습니다. 그래서 더욱 초조해지고 점점 협착 상태로 빠져들게 됩니다.

이럴 때는 협착된 의식을 일단 중단하고 눈앞의 대상과는 완전히 다른 일, 예를 들면 취미나 식사 등을 떠올리고 거기에 의식을 집중시킵니다.

앞의 예문에서처럼, 다른 대상에 완전히 의식을 전이하게 되면 그 순간에 충격은 해소되고 다시 공부로 돌아갈 수 있게 됩니다.

머리의 움직임이 둔해지면
누워서 휴식을 취하라

94

"*머리가* 피곤해서 집중할 수가 없다."고 하는 사람이 있는데 이 것은 일종의 착각입니다. 두뇌 그 자체는 결코 지치는 법이 없습니다.

인간의 두뇌는 피로를 거의 모릅니다. 젊은 여성에게 가능한 한 빠른 속도로 네 자리 수를 둘씩 곱하게 하는 실험을 한 결과, 열두 시간이나 쉬지 않고 계속했다는 실험 결과가 있습니다. 게다가 그 열두 시간 동안 계산 속도로 거의 떨어지지 않고 정확도도 잃지 않습니다. 두뇌는 이 정도의 능력을 가지고 있습니다. 열두 시간 동안 조금 능률이 떨어진 것은 신체의 피로와 공복감에 의한 것이었습니다.

두뇌가 피곤해서 집중할 수 없다고 느끼는 것은 두뇌와 몸의 균형이 무너졌기 때문이라고 볼 수 있습니다. 두뇌가 피로하다고 느낄 때는 사실은 몸이 피곤한 경우가 대부분입니다.

이 경우 피로감의 원인은 근육의 피로에 있습니다. 그러므로 공부의 능률이 떨어진다고 생각되면 가벼운 운동만으로도 피로를 해소시킬 수 있습니다. 또 오랜 시간 동안 의자에 앉아 있을 때는 바깥 공기를 마실 필요도 있습니다.

이럴 때는 심호흡을 반복하면 피로가 해소되는 동시에 기분전환도 겸할 수 있습니다.

피로 해소에 관한 한 실험에 의하면, 묵독, 산책, 대화, 가만히 있는다, 눕는다, 이 다섯 가지의 자세 중에서 '눕는' 것이 압도적인 효과를 올린다고 합니다. 또한 일반적으로 공부의 능률은 50분 내지 60분 만에 저하되는 것으로 알려져 있습니다. 즉, 한 시간 공부한 뒤에는 5분 정도 누워서 휴식을 취하는 것이 피로 해소에 상당한 효과가 있다는 것입니다.

각계의 제일선에서 활약하는 사람들 중에는 학창 시절에 스포츠에 열중한 사람이 의외로 많습니다. 문무 겸비라고 할 수 있겠습니다. 이런 사람들에게 공통적으로 나타나는 것은, 피로해서 집중력이 사라질 때 무리하지 않고 휴식을 취했다는 점입니다.

제가 알고 있는 한 사람은 운동부에 소속되어 있으면서도 공부에서 남보다 두 배 이상의 능력을 발휘했습니다. 그는 저녁식사가 끝나면 바로 잠을 자고 다음날 새벽에 일찍 일어나 공부하는 습관을 갖고 있었습니다.

피로를 푸는 지름길은 누워서 수면을 취하는 것에 비할 것이 없습니다. 오랜 시간 공부한 뒤에 싫증이 생기면 주저할 것 없이 잠을 청하십시오. 물론 숙면이 아니면 의미가 없습니다. 수면법은 사람마다 제각각입니다. 육체적 피로와 정신적 긴장을 간직한 채로는 쉽게 잠을 청할 수는 없습니다. 샤워를 하고 몸을 식힘과 동시에 신경의 긴장을 풀어주는 것이 하나의 방법이 될 수 있겠습니다.

이렇게 몇 시간 자고 나서 균형을 회복하면 발군의 집중력을 발휘할 수 있게 될 것입니다.

야호! 합격으로 가는 길 20

 공부를 마친 참고서는 치우지 말고 다음 공부 때까지 그대로 둔다.

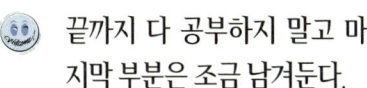 

 끝까지 다 공부하지 말고 마지막 부분은 조금 남겨둔다.

때로는 텔레비젼이나 라디오를
전혀 틀지말고 하루를 보내라

95

낚시의 명인으로 일컬어지는 사람들 중에는 의외로 성격이 급한 사람이 많다고 합니다. 이것은 심리학적으로 보아도 충분히 수긍이 갑니다.

고기를 낚는 작업은 상당한 끈기가 필요한 일입니다. 고기가 미끼를 물 때까지 몇 시간이라도 참을성 있게 낚시줄을 늘어뜨리고 기다려야만 합니다. 따라서 여기에는 상당히 고도의 집중력이 필요합니다.

성격이 급한 사람은 결론을 서둘러 내리기 때문에 이제나 저제나 고기가 물려 올라오기를 초조하게 기다리다 보니 자연히 남들보다 빨리, 또 많은 고기를 잡기 위해 집중력이 높아집니다. 그 결과 승부 처에서 실패하지 않기 때문에 좋은 성적을 올릴 수 있습니다.

낚시는 집중력 양성에 효과가 있다고 합니다. 낚시뿐만 아니라 공부와 관계가 먼 가벼운 작업을 함으로써, 잠자고 있는 호기심에 자극을 주어 그때까지는 거의 타성에 젖어 해오던 공부를 새로운 각도에서 바라보는 것이 가능해집니다.

제가 아는 배우 한 사람은 집 정원에 벽돌로 모닥불을 피울 수 있는 곳을 만들어 놓고, 휴일이 되면 가끔씩 정원에 나와 하루 정도는 맥주를 마시면서 모닥불을 피우며 지냅니다. 배우라는 직업은 항상 예민한 신경을 요합니다. 자신은 의식하지 못할 수도 있지만 그는 본업 이외의 단순한 작업에 집중함으로써 마음의 갈등에서 해방될 수 있는 것입니다. 신경을 곤두서게 하는 일상 생활에서 완전히 벗어나 휴식을 취하는 것이 다음 일에 대한 집중력을 높여준다는 것은 이런 예에서도 잘 알 수 있습니다.

지루하고 괴로운 입시 공부 기간을 극복하기 위해서도 가끔씩 하루 정도는 라디오나 텔리비젼을 듣거나 보지 않고 외부의 자극을 받지 않는 하루를 적극적으로 만들어 보는 것도 좋습니다.

마당에 나가 개미 구멍을 찾아보거나 베란다에 나가 하늘을 나는 비둘기를 세어본다든지, 철저하게 편한 마음으로 휴식을 취하는 것입니다. 공부에 대해 신선한 자극이 솟아나고 새로운 집중력이 생겨날 것입니다.

96 시험 직후 가장 집중력이 높아지는
때를 놓치지 말고 공부하라

시험이 끝난 후 자기 답이 맞는지 틀린지 궁금해서 집에 돌아오자마자 책을 펼치고 답을 확인해 본 경험은 누구에게나 있을 것입니다.

이런 인간의 심리에 주목해서 '즉시 확인의 원리' 라는 방법을 실제 교육 현장에 도입하는 연구가 진행되고 있습니다.

즉, 인간은 어떤 일을 마친 직후에 방금 마친 작업의 결과를 알고 싶은 욕구가 가장 강해집니다. 바꿔 말하면, 그 작업 직후야말로 그 작업에 대한 관심과 동기가 가장 높아진다는 것입니다.

이런 원리는 미국 등에서 성행하고 있는 프로그램 학습법에도 도입되고 있습니다. 이 프로그램에서 학생들은, 계속적으로 주어지는 문제에 대답하는 동시에, 그때마다 기계를 이용해 바로 답을 확인할 수 있게 되어 있습니다.

이 이론에 비춰보면, 시험 직후는 집중력을 높일 수 있는 절호의 찬스라고 할 수 있습니다. 시험이 끝나고 나면 놀아야겠다고 생각하는 학생들이 많겠지만, 이때 정답을 하나하나 조사하고 확인해 두면 그 전에는 몇 시간이 걸려도 이해할 수 없던 것들이 머릿속으로 쏙쏙 들어옵니다.

이럴 때 기억한 것은 쉽게 잊혀지지 않습니다. 시험 직후의 '즉시 확인'은 그리 많은 시간을 요하지 않습니다. 시험 직후의 집중 찬스는 절대 놓치지 말아야 합니다.

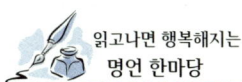
읽고나면 행복해지는
명언 한마당

남의 사랑을 받기 위해서는 항상 온순·겸소난 태도를 가지고 남에게 고통을 주는 태도를 피할 줄 알아야 한다.　　　　　　　　　　　　　　　　-톨스토이

# **97** 메너리즘을 느끼면 공부방을 바꿔라

공부를 하려면 환경 조성이 최우선의 과제라고 해서 공부방을 가지는 학생들이 많습니다. 힘들여 공부방을 마련했기 때문에 거기서라면 공부가 잘 될 거라고 생각하는 학생들도 많습니다. 하지만 공부방에만 틀어박혀 있다면 능률이란 점에서 볼 때 오히려 마이너스입니다. 특정 장소에만 집착할 경우 심리적 자극이 만성화되고 권태감을 느껴 작업 능률이 떨어지기 때문입니다.

기억의 원리에서 볼 때도, 장소를 바꾸는 것은 큰 의미를 가집니다. 기억술의 대가인 와타나베 코쇼 변호사는 법률 조문을 암기할 때 이 방 저 방을 왔다갔다하며 외운다고 합니다. 그것은, "저 방에서 이 조문을 외웠지."라는 기억이 기억의 내용을 보다 선명하게 해주기 때문입니다. 저도 서재뿐 아니라 그때그때의 기분에 맞는 방에서 일을 합니다. 수험생들에게 있어서도 마찬가지입니다. 공부는 공부방에서 하라는 것이라고 못박지 말고, 장소를 가리지 않고 공부하는 것이 오히려 집중력을 높일 수 있는 방법임을 알아둡시다.

쉬워 보이는 일도 해보면 어렵다. 못할 것 같은 일도 시작해놓으면 이루어진다. 쉽다고 얕볼 것이 아니고, 어렵다고 팔짱을 끼고 있을 것이 아니다. 쉬운 일도 신중히 하고 곤란한 일도 겁내지 말고 해보아야 한다.

- 채근담

창문이 두세 개 있는 방에서
책상을 방 한 가운데에 놓아라

98

　　창문이 두 개 이상 있는 개방적인 방에서는 어느 장소에 책상을 두고 공부해야 좋겠습니까? 일반적으로 방 한 쪽 구석에 책상을 놓으면 바로 창문을 쳐다보게 되는 경우가 많아 주의를 산만하게 하는 원인이 되기도 합니다. 물론 채광을 위해서는 창문옆이 가장 좋겠습니다만, 창문이 두세 개 있을 정도로 개방적인 방이라면 꼭 창문 옆이 아니라도 충분한 조명을 얻을 수 있습니다.

　　이런 방에서는 책상을 창문에서 떨어진 방 중앙에 위치시키면 좋습니다. 이렇게 하면 창문에 밀착해 있을 때의 답답함을 피할 수 있습니다. 책상 주변이 갑갑하지 않고 느긋한 느낌을 주기 때문에 차분한 기분으로 공부에 집중할 수 있게 될 것입니다.

 주위의 잡음에도 견딜 수 있도록 「너무 조용한 장
소」는 피한다.

 2~23처럼, 임의의 수를 반복해서 세어본다.

99 방에서 주의가 산만해지면
화장실에 가서 공부하라

대부분의 인간에게 있어서 공부에 적당한 장소, 즉 정신 집중에 적당한 장소는 외부로부터 차단된 장소, 남의 눈에 띄지 않는 곳인 경우가 많습니다.

오스트리아의 시인 릴케는 작은 수도원 같은 방과 사람들의 눈에 드러나지 않는 장소에서 가장 마음 편하게 작품을 썼다고 전해집니다. 이런 장소는, 타인의 시선을 의식하지 않아도 되고 자기의 시선을 끄는 두드러진 대상도 없어서 자기의 내면을 관조하는 것이 가능해지기 때문일 것입니다. 이런 의미에서 보자면 화장실에서 공부하는 것도 한 번 고려해 볼 가치가 있을 것입니다.

100

의자에 앉아도 공부가 되지 않으면
방바닥에 앉아서 공부하라

최근에는 서양식 생활이 일반화되었기 때문에 아무래도 서양식이 능률적이고 기능적이라는 사고 방식이 널리 퍼져 있습니다. 그러나 방바닥에 앉아 책을 보는 전통적인 방식은 기능면에서도 능률면에서도 결코 서양식 책상과 의자에 비해 나으면 나았지 못하지 않습니다.

공부에 필요한 교과서나 참고서, 사전 등을 책상 위에 다 놓을 수 없을 때는 가까운 방바닥 위에 놓고 책상을 넓게 사용할 수가 있습니다.

그러나 전통적 방식이 공부를 하는 데 있어서 본질적으로 효과가 있는 것은, 방바닥에 편히 앉아 차분히 공부할 수 있는 분위기를 제공함과 동시에, 의자에 비해 자세가 훨씬 자유로워 기분 전환을 겸하면서 피로를 덜 느끼고 공부할 수 있다는 점입니다.

의자에 앉으면 갑갑함을 느껴 집중이 안 될 때는 방바닥에 앉아 느긋한 마음으로 공부해 보는 것도 좋을 것입니다.

밤에 주의가 산만해지면
스탠드 불빛만으로 공부해 보라

101

어떤 대상에 대해 주의력을 지속하기 위해 가장 좋은 방법은 그 대상에 강한 흥미나 관심을 가지는 것임은 두말할 나위도 없습니다. 또한 취약 과목 등 그다지 흥미를 갖지 못하는 과목에 집중해야 할 경우도 있을 것입니다. 이럴 때는 그 나름대로의 환경 조성이 필요합니다.

주의가 산만해지기 쉬운 물건들을 주변에서 제거하는 것도 하나의 방법입니다. 그렇지만 그것이 불가능할 때는 어떻게 하는게 좋겠습니까?

원칙적으로 주변의 물건들을 눈에 띄지 않게 하는 것이 좋습니다. 그것을 위한 구체적인 방법중의 하나에 조명을 응용하는 방법이 있습니다. 공부방의 환경을 고려하다 보면, 자칫하면 조명을 아주 밝게 하는 것이 좋다고 생각해서 벽의 색깔마저 밝은 색으로 바꾸는 경우가 있습니다.

하지만 어느 책에 의하면, 흰 벽은 동공을 축소시켜 시각을 방해하고 주의력을 분산시키기 쉽다고 합니다. 조명의 효과가 5~10% 정도 증대하면 인간의 효율은 25% 이상이나 떨어집니다.

결국 주변이 밝으면 집중이 어려워진다는 것입니다. 그래서 이럴 때는 부분 조명을 이용해 필요한 부분만을 비추는 것이 집중력을 높이는 데 효과가 있습니다.

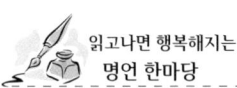
읽고나면 행복해지는
명언 한마당

나는 매일 세가지를 반성한다.
첫째, 남의 일을 돌보아 줄 때 진심으로 하였나
둘째, 친구와 사귈 때 불신의 언행을 하지 않았나
셋째, 스승에게 배운 것을 잘 익혔는가이다.

-공자

102 전철 안에서 공부할 때는
의자에 앉지 말고 선 채로 공부하라

적절한 근육의 긴장은 두뇌를 맑게 하는 데 효과가 있습니다. 인간의 서 있는 자세는 거의 100개 이상의 근육이 미묘한 긴장·이완을 반복하면서 지지하고 있기 때문에 머리를 맑게 해주는 데 좋은 자세라고 할 수 있습니다. 이런 자세로 공부를 하면 당연히 집중도 쉬워지게 마련입니다.

예를 들어, 서점에서 서서 책을 읽고 있는 사람의 표정은 모두 진지하기만 합니다. 그 이유는 돈을 내고 살려고 하는 책을 고르기 때문이라고도 할 수 있겠습니다만, 사지 않을 사람까지도 책에 몰두하는 모습을 볼 수 있습니다.

여러분도 경험이 있겠지만 서점에서 문득 시선이 마주친 책의 내용이 의외로 인상에 깊게 남는 경우가 있습니다. 이것은, 선자세로 짧은 시간에 책의 내용을 검토하고 그 책의 좋고 나쁨을 판별해야 한다는 점이 집중을 강화시키기 때문입니다.

이렇게 생각하면 서점뿐만이 아닙니다. 전철 안에서나 친구와의 약속 장소에서 앉을 자리가 없을 때는 그야말로 절호의 공부찬스라고 할 수 있습니다.

그러므로 이런 곳에서 공부를 하고 싶으면 빈 자리가 있다 해도 앉지 말고 선 채로 책을 보는 것이 집중력 향상에 도움이 된다는 것을 잊지 마십시오.

Key Point

적절한 근육의 긴장은 두뇌를 맑게 하는 데 효과가 있습니다.

외줄타기 곡예사가 있었습니다.

이 마을 저 마을 떠돌아다니며 묘기를 보이던 곡예사는 점점 더 어려운 기술을 개발해야만 했습니다. 때문에 외줄의 높이는 점점 높아져 갔지만 곡예사는 한 번도 줄에서 떨어진 일이 없었습니다.

그러던 어느날 곡예사는 나이아가라 폭포 위에서 줄타기 시범을 보여달라는 제의를 받았습니다.

흔쾌히 그 제의를 수락한 곡예사는 수많은 사람들이 지켜보는 가운데 외줄에 올라섰습니다. 그가 조심스럽게 한 발을 내딛자 사람들은 일제히 숨을 죽였습니다. 잘못하여 발이 어긋나면 곡예사는 천길만길 물속으로 빠질 수도 있는 위험천만한 순간이었던 것입니다.

천천히 아주 천천히 걸어, 곡예사는 마침내 반대편에 무사히 도착할 수 있었습니다. 많은 사람들이 아낌없는 박수를 보내주었습니다.

그때 이마에 흐르는 땀을 닦던 곡예사가 소리쳤습니다.

"여러분, 저는 외줄을 타고 폭포를 건너왔습니다. 여러분은 제가 다시 건너편으로 갈 수 있으리라 믿으십니까?"

그러자 사람들은 믿는다는 뜻으로 다시 한 번 박수를 치기 시작했습니다.

곡예사는 잠시 무언가를 생각하는 듯하더니 다시 물었습니다.

"고맙습니다. 저를 믿어주셔서. 그렇다면 여러분들 중 저와 같이 저편으로 건너갈 수 있는 분은 제 어깨 위에 타십시오."

그러나 이번에는 아무도 나서지 않았습니다. 서로의 얼굴을 살피며 눈치를 보는 사람들 가운데 누군가 손을 들고 나섰습니다. 그것은 뜻밖에도 작은 사내이었습니다. 곡예사는 소년에게 살짝 미소를 보냈습니다.

이윽고 소년을 어깨에 태운 곡예사가 외줄을 건너가기 시작했습니다. 흔들흔들 줄이 흔들릴 때마다 사람들의 가슴은 걱정스러움으로 타들어갔습니다. 그렇지만 소년의 얼굴엔 두려움의 기색이라곤 전혀 없었습니다.

줄타기는 다시금 성공을 거두었습니다. 곡예사가 소년을 내려놓자 사람들이 앞다투어 소년의 용기를 칭찬해 주었습니다.

"너 무섭지 않았니? 떨어지면 어쩌려고 했어?"

소년은 빙글빙글 웃으며 이렇게 말했습니다.

"안 떨어질 줄 알았어요. 왜냐하면 전 저의 아빠를 믿거든요."